DEATH'S
GAME
Honeychan
LEE Wonsik
KBOOKS

DEATH.

DEATH'S GAME

.SOMMAIRE.

CHAPITRE 8 004

CHAPITRE 9 038

CHAPITRE 10 073

CHAPITRE 11 100

CHAPITRE 12 131

CHAPITRE 13 162

CHAPITRE 14 203

TH'S GAME
CHAPITRE 8

TAC
JE TE LE REDEMANDE...
PENSES-TU VRAIMENT POUVOIR ME TUER ?
TAC
TAC
NIKEDAS
L'ARME TE DÉRANGE, C'EST ÇA ?
OK.
CLANG

VOILÀ, J'AI LES MAINS VIDES. TOI AUSSI, AMÈNE-TOI SANS ARME.
DRRR
ZIEUT
FWOOSH

PAAF
ARGH !
POF
TAP
!!

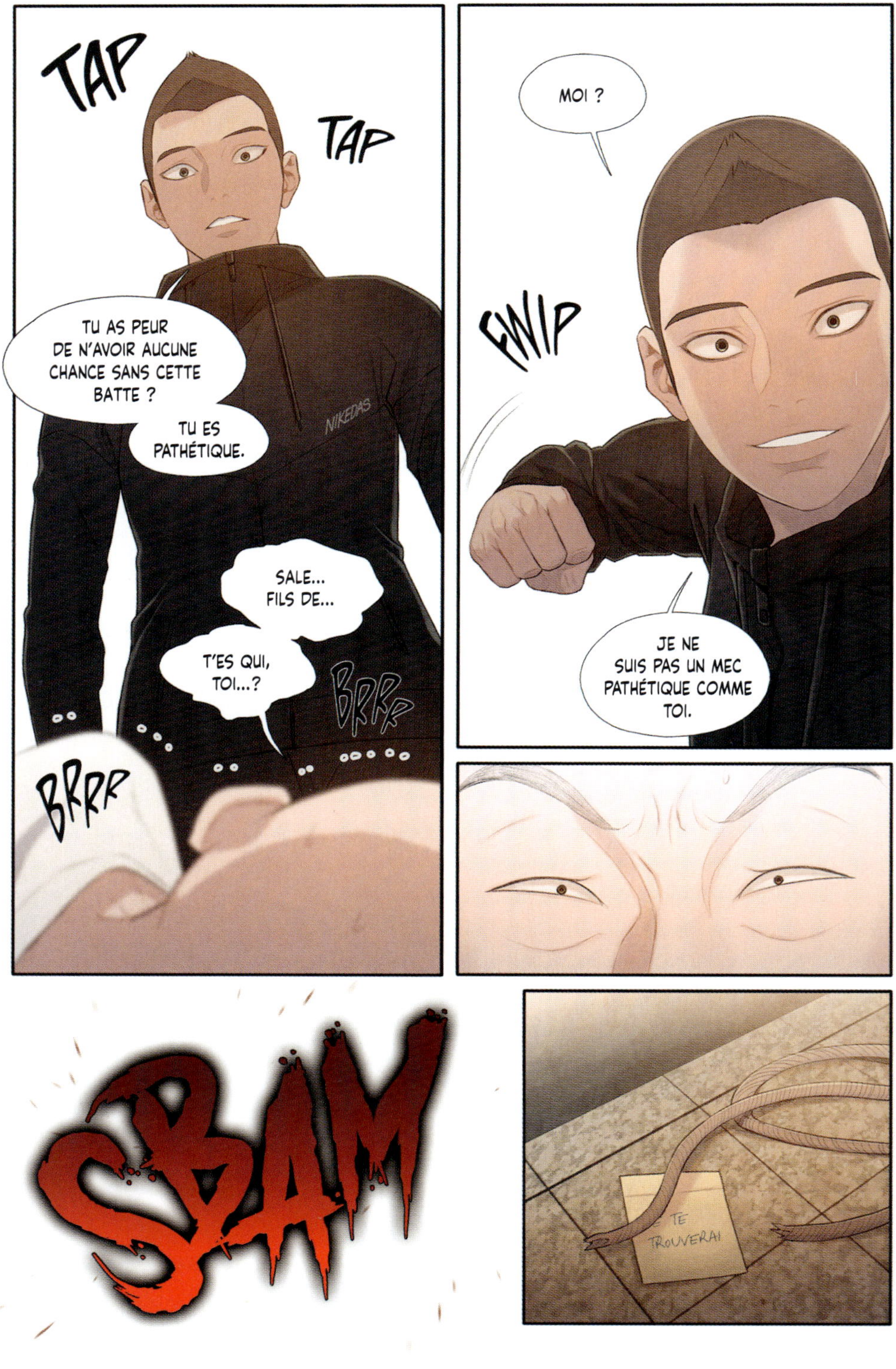
TAP
TAP
TU AS PEUR DE N'AVOIR AUCUNE CHANCE SANS CETTE BATTE ?
TU ES PATHÉTIQUE.
SALE... FILS DE...
T'ES QUI, TOI...?
BRRR
BRRR
MOI ?
FWIP
JE NE SUIS PAS UN MEC PATHÉTIQUE COMME TOI.
SBAM
TE TROUVERAI

WIP
BON, JE PENSE QUE JE NE MOURRAI PAS TABASSÉ.
JE DOIS ENCORE RESTER EN VIE DANS CE CORPS ?
AAH… JE NE SAIS PAS SI C'EST UNE BONNE OU UNE MAUVAISE CHOSE.
FFFT
?!
NIKEDAS
HO!
FRSH

VOUS ALLEZ BIEN ? VOUS N'ÊTES PAS TROP BLESSÉ ?
ÇA... ÇA VA.
FWIP
MERCI...
MERCI BEAUCOUP...!
SNIF
UGH...
MON... MONSIEUR ! VOUS AVEZ MAL QUELQUE PART ?

NON... TOUT VA BIEN...
MAIS...
J'AI EU SI PEUR...
JE... VOUS SUIS TRÈS RECONNAISSANT...
...

J'AI PRIS VOTRE AGRESSION EN PHOTO. JE LES PUBLIERAI SUR INTERNET SI VOUS FAITES LES CONS...
COMPRIS ?
AH ! C'EST VRAI.
FWIP
VOUS VOULEZ LES FRAPPER AUSSI, NON ?
VOUS POUVEZ VOUS VENGER.
AH... NON ! ÇA IRA.
C'EST TROP VIOLENT...
AH BON...?
RENTRONS, ALORS. JE VOUS RAMÈNE JUSQU'À CHEZ VOUS...
PUISQUE VOUS ÊTES BLESSÉ.

IL A L'AIR TOUT À FAIT NORMAL... MAIS IL SE BAT TRÈS BIEN.
UN TYPE COMPLÈTEMENT DIFFÉRENT DE MOI...
ON VA LAISSER CES DEUX GARS COMME ÇA ?
ÇA IRA. J'AI PAS SERRÉ LEURS LIENS. ILS VONT UN PEU GALÉRER MAIS ILS SE LIBÉRERONT.
JE VOIS...
COMMENT AVEZ-VOUS SU QUE J'ÉTAIS LÀ ?
AH...

PAR HASARD, JE VOUS AI CROISÉ AVEC CES TYPES.
HONNÊTEMENT, JE VOULAIS LAISSER COULER.
MAIS J'AVAIS UN MAUVAIS PRESSENTIMENT, DONC JE SUIS RENTRÉ DANS LE BÂTIMENT...

ET JE LES AI VUS EN TRAIN DE VOUS AGRESSER...
VOUS...
VOUS SAVEZ QUI JE SUIS ?
PEUT-ÊTRE QUE VOUS L'IGNOREZ...
J'AI ENTENDU LE CHAUVE DIRE QUE...
VOUS ÊTES UN VIOLEUR CÉLÈBRE.
J'AI VU VOTRE BRACELET ÉLECTRONIQUE, TOUT À L'HEURE.
IL LE SAVAIT...
MAIS... POURQUOI VOUS M'AVEZ SAUVÉ ? MOI, UN TEL CRIMINEL...

ÇA N'A RIEN À VOIR AVEC LE FAIT QUE VOUS ÉTIEZ UN CRIMINEL À L'ÉPOQUE.
LE PLUS IMPORTANT, C'EST QUE J'AI VU DE MES PROPRES YEUX UNE PERSONNE EN DANGER...
ET QUE J'AI FAIT LE CHOIX DE LUI VENIR EN AIDE.
SI JE VOUS AVAIS LAISSÉ JUSTE PARCE QUE VOUS ÉTIEZ UN CRIMINEL...
ÇA AURAIT FAIT DE MOI UN CRIMINEL AUSSI.
ET PUIS... JE PENSE QUE LES GENS COMME VOUS DEVRAIENT AVOIR UNE SECONDE CHANCE.
JE SERAIS ENCORE PLUS RAVI SI MON AIDE ÉTAIT CETTE CHANCE, POUR VOUS.
C'EST...
C'EST UNE PERSONNE VRAIMENT DIFFÉRENTE DE... MOI.
ON EST ARRIVÉS, C'EST MA MAISON.

AH...
FFFT
C'EST LÀ...
COMMENT VA VOTRE MAIN ?
VOUS N'ÊTES PAS BLESSÉ ?
MA MAIN ?
ÇA VA... C'EST JUSTE UN LÉGER...
TOUT VA BIEN. NE VOUS INQUIÉTEZ PAS ET RENTREZ CHEZ VOUS.
D'ACCORD...
MERCI BEAUCOUP.

...
PUTAIN !!
ESSAYE DE LA DÉFAIRE !
J'ESSAYE !
PUTAIN...
CE TYPE SAIT COMMENT ATTACHER DES GENS. ON DIRAIT UN PRO.
PEUT-ÊTRE QUE...
C'EST UN MEC QUI AIME LES TRUCS SADO-MASO ?
TAP
TAP
RAH... ARRÊTE DE DIRE DES CONNERIES... MERDE...
HEIN !
?!
CE TYPE...?

TAP
TAP
TAP
JE VAIS RÉPONDRE À TA QUESTION. JE NE SUIS PAS CE GENRE DE MEC.
FWIP
ET PUIS, ENTRE FRAPPER ET SE FAIRE FRAPPER...
CRIII

WHOOSH
JE PRÉFÈRE FRAPPER.
OU PLUTÔT, J'ADORE FRAPPER.
BRR
QU'EST-CE QUE TU RACONTES, BON SANG...?
BAH... CE QUE JE VEUX DIRE, C'EST QUE JE VAIS VOUS TABASSER.
JE N'AI PAS PU FINIR À CAUSE DU VIEUX.
WOUSH

PAF
HAAA!!
SPAF
BAAM
PAAF
SPLAF

CRIII
TAP
FIOUU...
FRSH
FRSH

HAA...
POF
J'AI CRU QUE J'ALLAIS MOURIR...
MAIS JE SUIS EN VIE.
CEPENDANT, JE NE SAIS PAS SI C'EST UNE BONNE CHOSE...
JE N'AI PAS VRAIMENT ENVIE DE VIVRE DANS CE CORPS.
D'UN AUTRE CÔTÉ, LA DOULEUR ÉTAIT PLUS QU'ATROCE...
ÇA M'A FAIT PEUR.

QU'EST-CE QUE JE VAIS FAIRE SI D'AUTRES PERSONNES COMME ÇA VIENNENT ME CHERCHER...?
JE VAIS ME FAIRE TABASSER À MORT...
JE TE TROUVERAI
Pas de bullshit. Je me déplacerai si je dépasse les 10000 jaime. Donnez-moi son adresse dans les commentaires.
J'aime 10418
J'aime pas 47
ntaires.
J'aime 10418
J'aime
JE TROUVERAI PEUT-ÊTRE QUELQUE CHOSE SUR INTERNET...
TIC
OUAIS... JE N'AIMERAIS PAS MOURIR EN ME FAISANT TABASSER...
JE VAIS VOIR S'IL Y A DES GENS QUI COMPTENT ME FAIRE LA MÊME CHOSE QU'EUX.
FWISH

Boogle
Effectuez une recherche sur Boogle ou saisissez une URL.
TAC
TAC
...
AU MOMENT OÙ J'AI VU LA BARRE DE RECHERCHE, UNE AUTRE PENSÉE M'EST VENUE EN TÊTE.
MES COMPTES DE RÉSEAUX SOCIAUX SONT-ILS INTACTS ?
PEUT-ÊTRE QUE DES GENS ONT ÉCRIT QUELQUE CHOSE SUR MON MUR APRÈS MA MORT ?
J'AI PEUT-ÊTRE REÇU DES MAILS OU DES MESSAGES PRIVÉS...
À FORCE D'Y PENSER, J'AI EU PLEIN D'IDÉES EN TÊTE.
HUM
C'ÉTAIT COMME SI JE VOULAIS SAVOIR À QUOI RESSEMBLAIENT MES FUNÉRAILLES.
HAA...
C'EST POUR ÇA QUE J'ÉVITAIS D'UTILISER L'ORDINATEUR ET LE TÉLÉPHONE...
JE PASSAIS MON TEMPS À LIRE DES WEBTOONS...

CEPENDANT, LA PEUR SURPASSAIT MA CURIOSITÉ.
J'AVAIS PEUR QUE QUELQU'UN M'AIT VRAIMENT ÉCRIT.
IL AURAIT PU Y AVOIR DES PROPOS VIOLENTS CONCERNANT MA MORT.
OU BIEN DES MOQUERIES SUR MA LÂCHETÉ.
Boogle
Effectuez une recherche sur Boogle ou saisissez une URL.
LE VRAI PROBLÈME, C'EST QU'IL EST NORMALEMENT IMPOSSIBLE DE VOIR LES RÉACTIONS DES AUTRES APRÈS SA MORT...
MAIS LÀ, C'EST POSSIBLE.
Boogle
POURQUOI JE SUIS AUSSI CURIEUX...?
POURQUOI...?
BAM
REPRENONS.

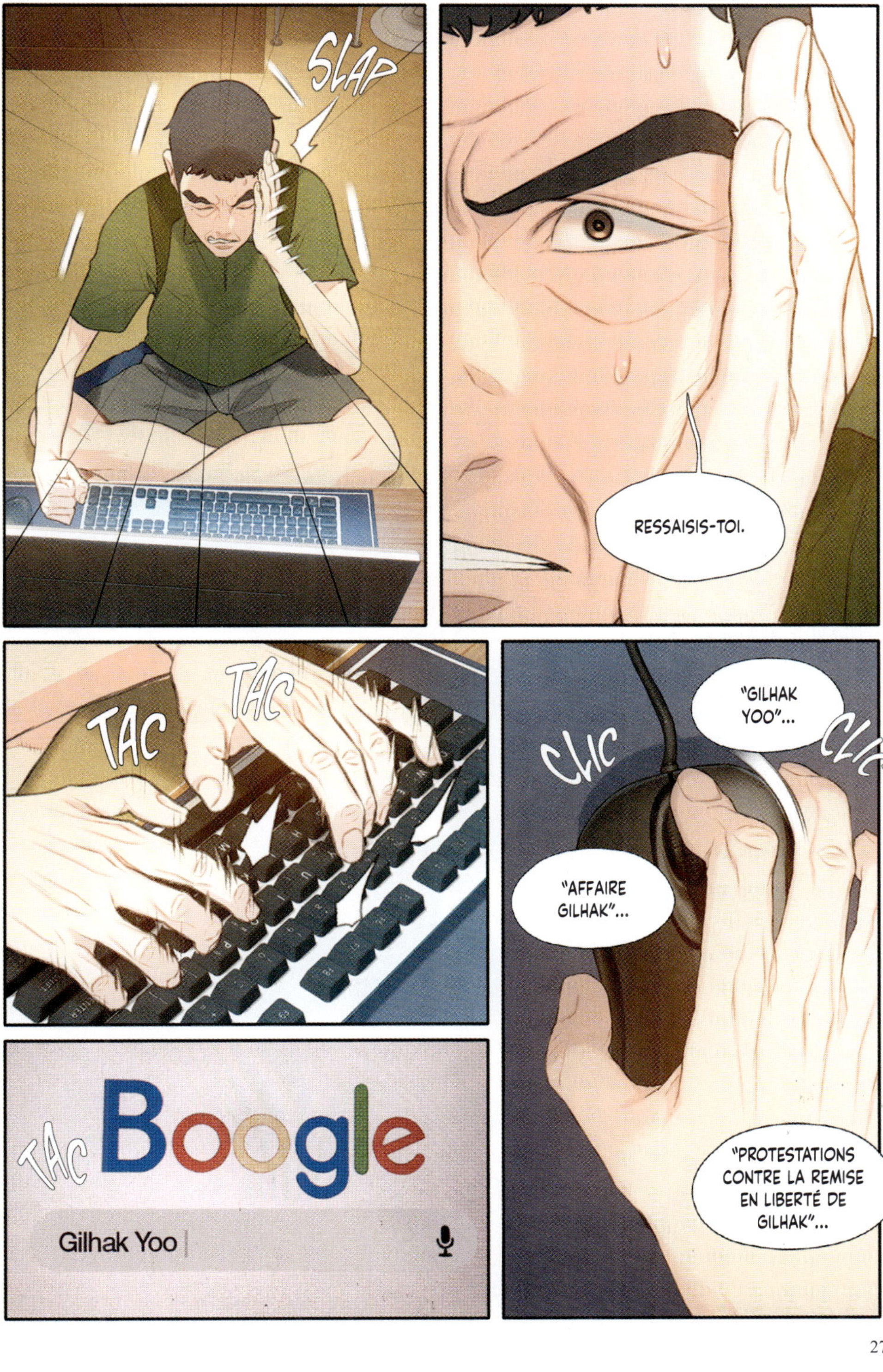
SLAP
RESSAISIS-TOI.
TAC
TAC
TAC
Boogle
Gilhak Yoo
CLIC
"GILHAK YOO"...
CLIC
"AFFAIRE GILHAK"...
"PROTESTATIONS CONTRE LA REMISE EN LIBERTÉ DE GILHAK"...

CE NE SONT QUE DES VIEILLES INFOS...
IL Y A PEU DE CHOSES APRÈS SA SORTIE DE PRISON.
CLIC
C'EST VRAI QU'IL Y A DES VIOLEURS ENCORE PLUS CÉLÈBRES.
HA!
JE ME DEMANDE POURQUOI ON EN A TOUJOURS APRÈS MOI, MÊME SI J'AI PURGÉ MA PEINE...
JE SUIS CURIEUX.
Un violeur après sa libération
ATTENDS...
C'EST QUOI ÇA ?
Interview avec Gilhak (vidéo choquante)
10:23
FWIP
C'ÉTAIT AVANT QUE JE RENTRE DANS CE CORPS ?
C'EST QUOI, ÇA...?
CLIC
CLIC
BONJOUR. VOUS ÊTES GILHAK, N'EST-CE PAS ?
POUVEZ-VOUS M'ACCORDER QUELQUES INSTANTS ?

POURQUOI ?
C'EST... C'EST VRAIMENT GILHAK.
C'EST BIEN LA PORTE DE CETTE MAISON...
LES VICTIMES HABITENT TOUJOURS DANS LE COIN...
DES VICTIMES ? QUELLES VICTIMES ?
JE SUIS ALLÉ EN PRISON À CAUSE DE CES CONNASSES. J'AI SOUFFERT, MOI AUSSI !
AVEZ-VOUS DÉJÀ PENSÉ À DÉMÉNAGER POUR ELLES ?
QUOI ? DÉSOLÉ ? POURQUOI JE DEVRAIS ME SENTIR DÉSOLÉ ?
AH... DONC VOUS NE VOUS SENTEZ PAS DÉSOLÉ POUR VOS VICTIMES ?
MA VIE EST FICHUE À CAUSE DE LA PRISON !
ET IL FAUDRAIT QUE JE M'EN FASSE ENCORE POUR ELLES ?

COMME VOUS HABITEZ PRÈS DE CHEZ VOS VICTIMES, ELLES NE SE SENTENT PAS EN SÉCURITÉ.
JE M'EN FOUS. C'EST INJUSTE POUR MOI AUSSI !
JE N'AI PLUS RIEN À AJOUTER. DÉGAGE !
VLAN
GRRR
POURQUOI CETTE PUTAIN DE PORTE NE SE FERME PAS ?!
MERDE !
QUELLE POURRITURE...
RAAH...
WIP

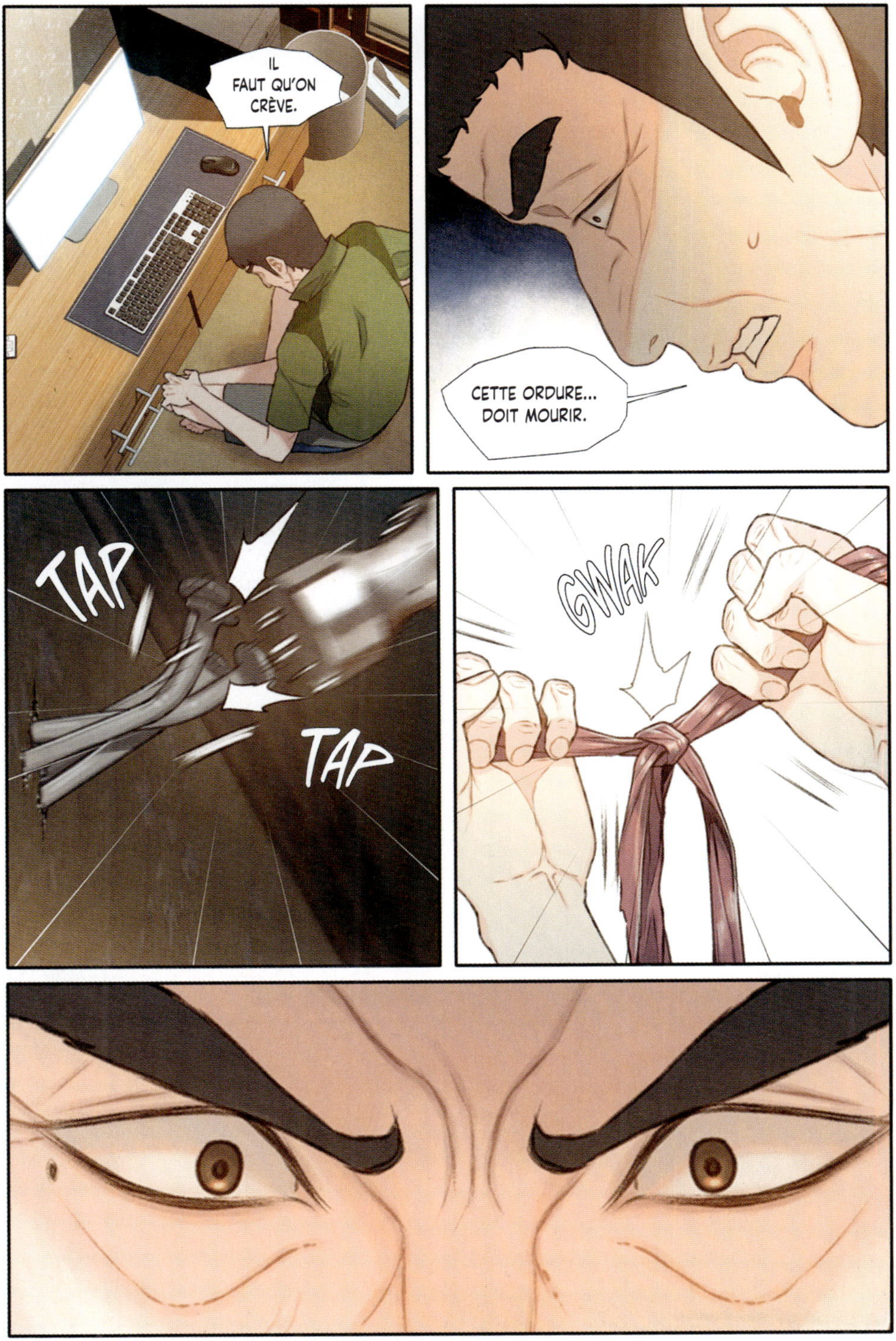
IL FAUT QU'ON CRÈVE.
CETTE ORDURE... DOIT MOURIR.
TAP
TAP
GWAK

FRSH
MAIS...
J'AI VRAIMENT LE DROIT DE FAIRE ÇA ?
SI TU REVIENS ICI LA PROCHAINE FOIS EN AYANT PROVOQUÉ TOI-MÊME TA MORT...
JE TE FERAI SUBIR UNE SOUFFRANCE ÉTERNELLE EN TE GARDANT EN VIE.
COMPRIS ?

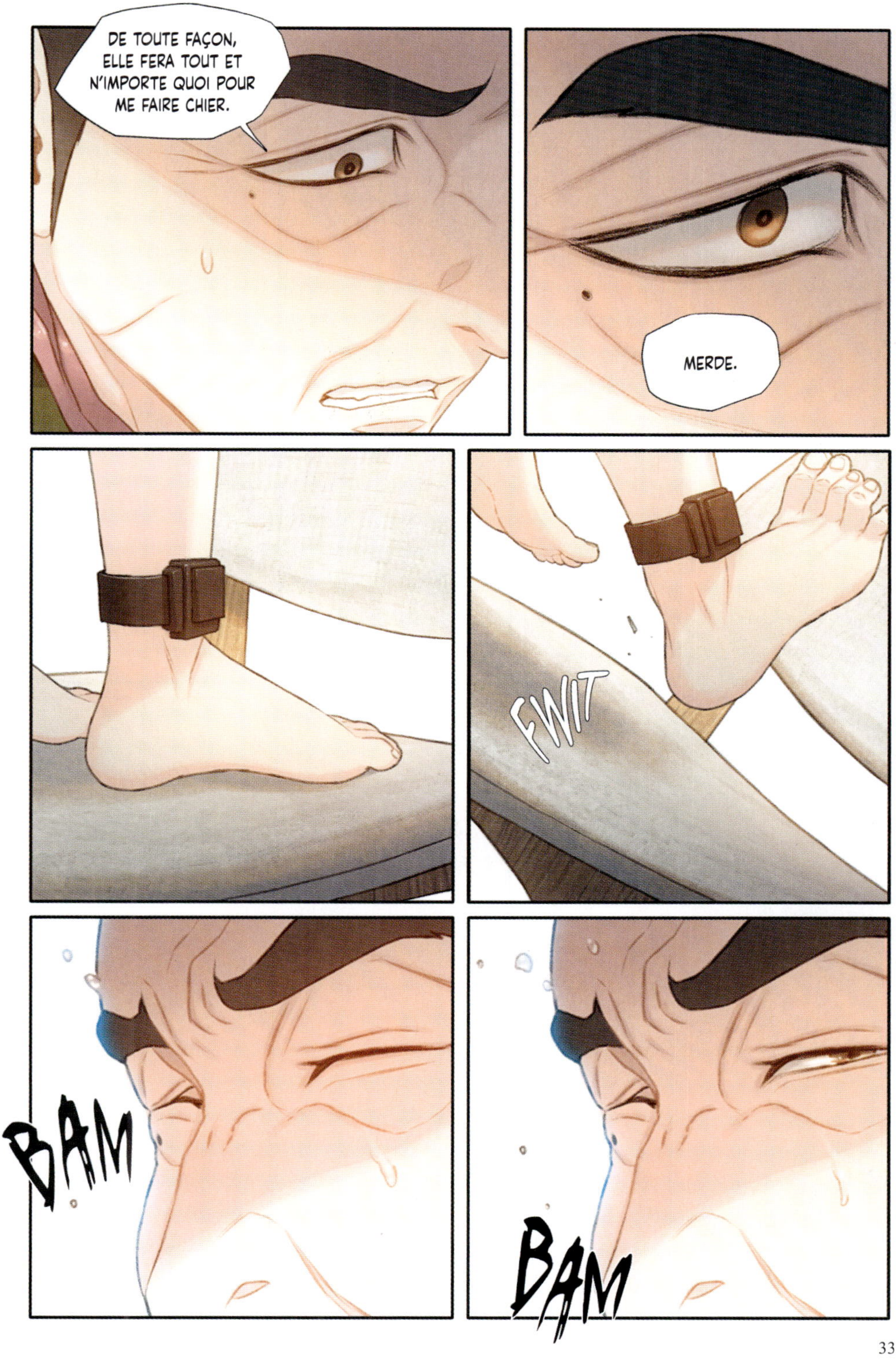

DE TOUTE FAÇON, ELLE FERA TOUT ET N'IMPORTE QUOI POUR ME FAIRE CHIER.
MERDE.
FWIT
BAM
BAM

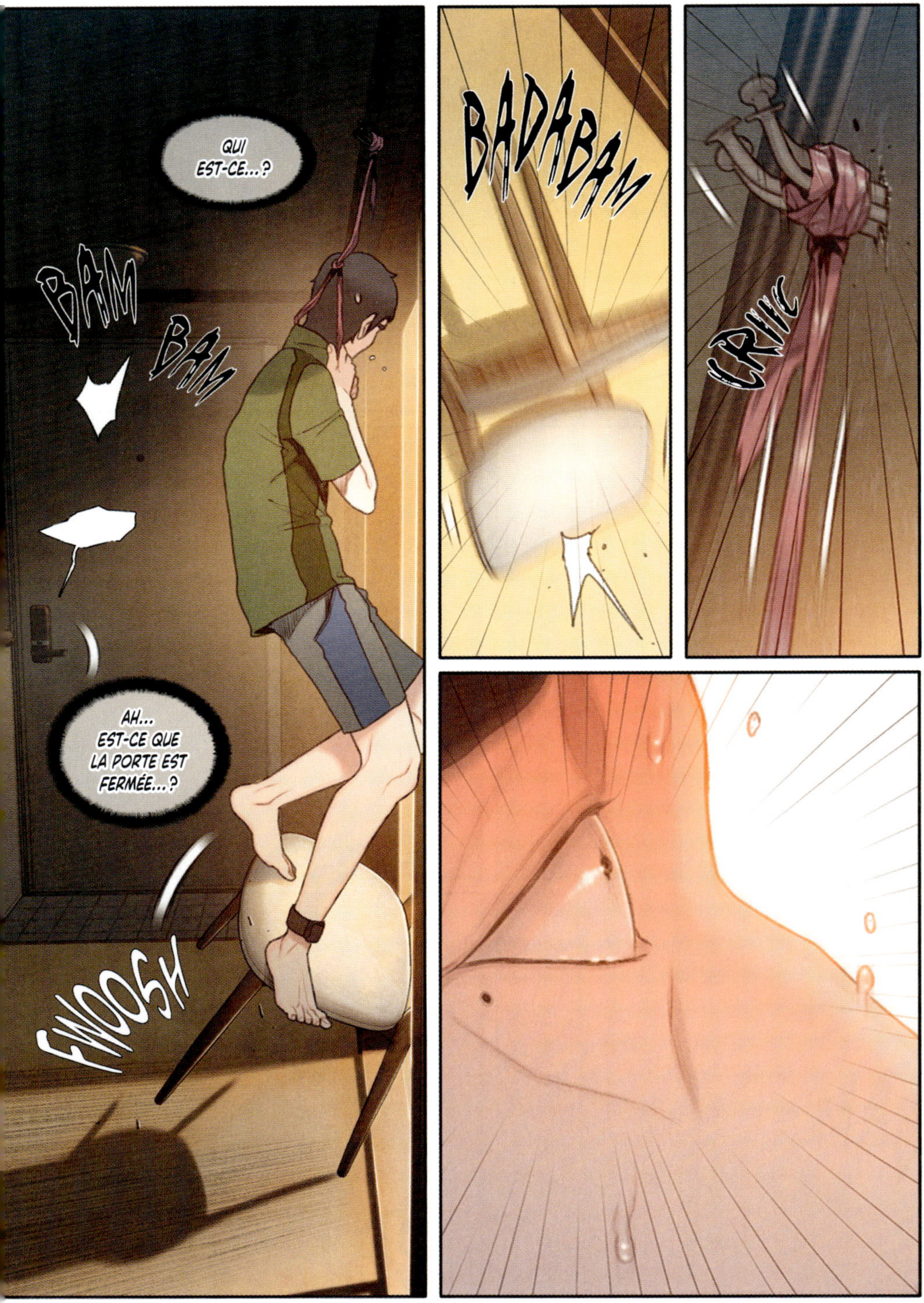
QUI EST-CE...?
BAM
BAM
AH... EST-CE QUE LA PORTE EST FERMÉE...?
FWOOSH
BADABAM
CRIIIC

CLAC
MONSIEUR !!
TAP
ARRÊTEZ !
TAP
GRIP
HOP
HAAA!!

KOF
VOUS ALLEZ BIEN ?
KOF
OUI...
JE SUIS ARRIVÉ À TEMPS.
MONSIEUR, IL NE FAUT PAS VOUS DONNER LA MORT COMME ÇA.
IL FAUT QUE VOUS MOURRIEZ DE MES MAINS.

HEIN...?
VOUS... AVEZ DIT QUOI...?
JE VAIS VOUS TUER DE MES PROPRES MAINS.

TH'S GAME
CHAPITRE 9

QUOI...?
VOUS M'AVEZ TRÈS BIEN ENTENDU.
JE PENSAIS MOURIR DE TOUTE FAÇON, MAIS...
FWIP
MAIS LÀ, JE CROIS QU'IL FAUT FUIR !
QUE FAITES-VOUS ? VOUS VOULEZ VOUS ENFUIR ?
VOUS PLAISANTEZ, J'ESPÈRE ?
GLOUPS

WOUSH
FWOUUSH
FWIP
?!
VOUS ÊTES SÉRIEUX ?
VLAM
!!

BOUM
GRAP
FFFT
ARGH
GWAK
MOI AUSSI, IL VA FALLOIR QUE JE SOIS SÉRIEUX.

SPAF
POF

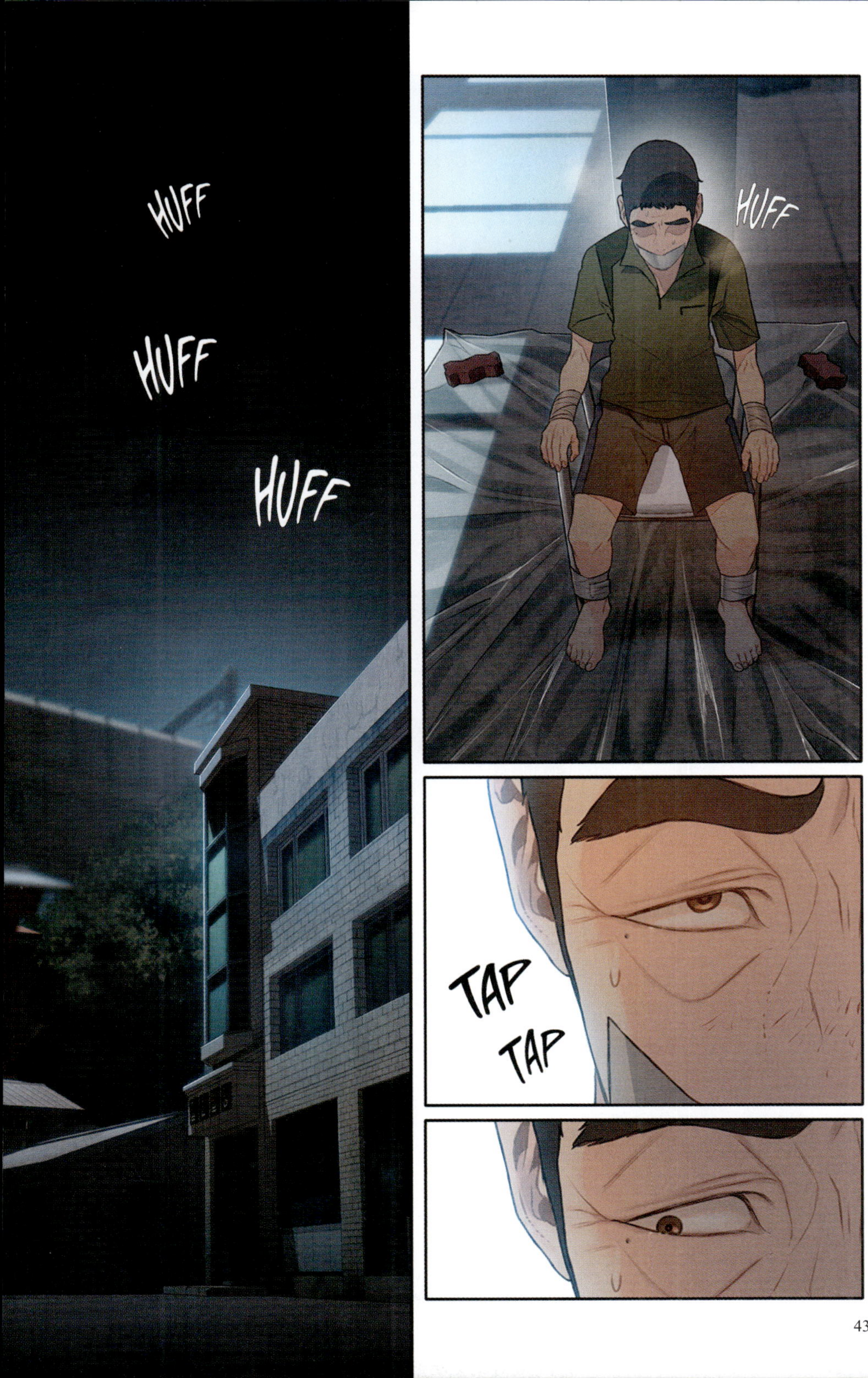
HUFF
HUFF
HUFF
HUFF
TAP
TAP

TAC
TAP
TAP
VOUS M'AVEZ SURPRIS QUAND JE SUIS ARRIVÉ CHEZ VOUS.
HEUREUSEMENT QUE J'AVAIS PRÉVU DE VOUS TUER AUJOURD'HUI !
TAP
TAP
SI JE N'ÉTAIS PAS VENU, VOUS SERIEZ MORT, PAS VRAI ?
TAC

...
QU'EST-CE QU'IL RACONTE ?
HUM, HUM.
WIP
HUM.
QUELLE CHANCE !
CES GARS M'ONT PRÉPARÉ LE MATOS ET ONT MÊME TROUVÉ UN LIEU !
C'EST QUOI CE SAC... ?

C'ÉTAIT PAS CELUI DU POTE DU MEC CHAUVE ? ET CETTE CASQUETTE AUSSI...
ZIEUT
ET CETTE BATTE...
DU SANG... ?
VOUS AVEZ L'AIR UN PEU PERDU, MONSIEUR.
FWIT
VOUS NE COMPRENEZ TOUJOURS PAS LA SITUATION ?
TAP
TAP
EN VRAI, C'EST LOGIQUE.

FFFT
POF
CLANG
JE MENTAIS QUAND JE VOUS AI PARLÉ DE COÏNCIDENCE.
POUR ÊTRE HONNÊTE, ÇA FAIT QUELQUES JOURS QUE JE VOUS SURVEILLE...
CAR JE VOULAIS VOUS TUER.
!!

LE CHAUVE A INTERFÉRÉ AVEC MON PLAN EN VOUS CAPTURANT.
C'ÉTAIT POUR ÇA... ?
VOUS SAVEZ PAS À QUEL POINT J'AI EU PEUR QUE CES TYPES VOUS TUENT EN PREMIER.
C'EST POUR ÇA QUE JE ME SUIS PRÉCIPITÉ POUR VOUS SAUVER.
JE L'AI REMERCIÉ SANS CONNAÎTRE SES VRAIES INTENTIONS...
ET J'AI MÊME PLEURÉ DEVANT LUI...
DE TOUTE FAÇON, JE LES AI ÉLIMINÉS...
ÇA M'A DONNÉ DES PETITS FRISSONS !

PEUT-ÊTRE QUE D'AUTRES GENS COMME EUX VOUS CHERCHENT...
OU ALORS, VOUS AURIEZ PU VOUS ENFUIR À CAUSE DE CET INCIDENT...
BREF, TOUS CES TRUCS ME TARAUDAIENT.
DONC J'AI DÉCIDÉ DE VOUS TUER AUJOURD'HUI, MAIS...
JE NE PENSAIS PAS VOUS VOIR FAIRE ÇA...
HIIK
WIP
HEUREUSEMENT QUE JE SUIS VENU VOUS CHERCHER. ET MAINTENANT, JE PEUX VOUS TUER. TOUT EST BIEN QUI FINIT BIEN.
N'EST-CE PAS ?
...
C'EST UN PEU BIZARRE DE PARLER TOUT SEUL DEPUIS TOUT À L'HEURE.
TAC
JE DEVRAIS PEUT-ÊTRE VOUS ENLEVER ÇA ? DE TOUTE FAÇON, PERSONNE NE VIENDRA MÊME SI VOUS HURLEZ...

TAP
ET AU PIRE, JE PEUX TOUJOURS VOUS ÉGORGER.
J'ESPÈRE QUE VOUS FEREZ EN SORTE D'ÉVITER ÇA, HEIN ?
WIP
WIP
FWIP
FRSH
SCRATCH
FIOU...

DONC...
TU M'AS SUIVI PARCE QUE TU VOULAIS ME TUER...
ET TU M'AS SAUVÉ PARCE QUE TU VOULAIS ME TUER DE TES PROPRES MAINS ?
ET PUIS... JE PENSE QUE LES GENS COMME VOUS DEVRAIENT AVOIR UNE SECONDE CHANCE.
JE SERAIS ENCORE PLUS RAVI SI MON AIDE ÉTAIT CETTE CHANCE, POUR VOUS.
ALORS... POURQUOI TU M'AS DIT DE TELLES CHOSES APRÈS M'AVOIR SAUVÉ ?
WIP
J'AI DIT QUOI ?

AH ! LA DERNIÈRE FOIS ?
C'ÉTAIT POUR ME RAPPROCHER DE VOUS...
JE VOULAIS VOUS INSPIRER CONFIANCE.
POURQUOI ? NE ME DITES PAS QUE JE VOUS AI TOUCHÉ ?
...
EN REVANCHE, VOUS M'AVIEZ L'AIR PLUTÔT...
VULNÉRABLE, COMME PERSONNE.
VOUS PLEURIEZ PARCE QUE JE VOUS AI SAUVÉ...
ET VOUS M'AVEZ DIT QUE C'ÉTAIT TROP VIOLENT QUAND JE VOUS AI PROPOSÉ DE VOUS VENGER.

COMMENT AVEZ-VOUS PU COMMETTRE DE TELS CRIMES ?
J'AI VU LA VIDÉO DE VOTRE INTERVIEW.
VOUS ÉTIEZ VRAIMENT DIFFÉRENT.
TAC TAC
QU'EST-CE QUI S'EST PASSÉ DANS VOTRE TÊTE ?
FWIP

GLOUPS
POURQUOI FAIRE ÇA ?
C'EST PAR UNE VENGEANCE ?
OU VOUS VOULEZ JOUER LES HÉROS ?
POUR QUELLES RAISONS VOUS VOULEZ COMMETTRE UN MEURTRE ?
AH...
JE PENSE QU'IL Y A UN MALENTENDU.
JE TUE DES GENS. C'EST TOUT.
BRR
BRR
?!

LA RAISON POUR LAQUELLE JE VAIS VOUS TUER VIENT TOTALEMENT DE "MOI".
ÇA N'A PAS DE RAPPORT AVEC "VOUS".
"LÀ, MAINTENANT".
JE VIENS DE DÉCIDER QUE J'ALLAIS VOUS TUER.
VOUS COMPRENEZ ?
MAIS... NE ME DITES PAS QUE...
C'EST UN TUEUR EN SÉRIE ?

FFFT
FRSH
FRSH
Y A PAS UN TRUC UTILE, LÀ-DEDANS ?
CLANG
CLANG
VOUS VOULEZ DIRE QUE VOUS AVEZ DÉJÀ TUÉ PLUSIEURS PERSONNES ?
VOUS ÊTES UN TUEUR EN SÉRIE ?
AH...
CE MOT M'EMPÊCHE DE RÉPONDRE, BIZARREMENT.
J'AI EN EFFET DÉJÀ TUÉ PLUSIEURS PERSONNES.

MAIS CE "GENRE" DE MOT A VRAIMENT UN POIDS.
N'EST-CE PAS ?
UN VIOLEUR AVEC UN BRACELET ÉLECTRONIQUE, QUI SE FAIT TUER PAR UN TUEUR EN SÉRIE...
WIP
ON PEUT VRAIMENT MOURIR DE TOUT ET N'IMPORTE QUOI.
DONC C'EST BIEN UN MEURTRIER.
VAIS-JE MOURIR DES MAINS D'UN MEURTRIER, CETTE FOIS-CI ?
AAH... PUTAIN...
POURQUOI VOUS NE ME SUPPLIEZ PAS DE VOUS ÉPARGNER ?
JE VOUS PRENAIS POUR UN PRÉDATEUR, ET QUELLE SURPRISE DE VOUS VOIR AGIR COMME UNE PROIE...
MAIS C'EST ENCORE PLUS SURPRENANT QUE VOUS N'AYEZ PAS PEUR ALORS QUE VOUS ÊTES SUR LE POINT DE VOUS FAIRE DÉVORER... BIZARRE.
CE QUE JE RESSENS NE CHANGE RIEN, VOUS ALLEZ ME TUER.

PFF... J'AIMERAIS QU'IL ME TUE RAPIDEMENT...
...
FWIP
TAP
TAP
SCHLAK
?!
URGH...?!

FWIP
PAS D'INQUIÉTUDE, CE N'EST PAS PROFOND.
SI C'ÉTAIT PROFOND, VOUS POURRIEZ MOURIR D'HÉMORRAGIE.
MAIS JE NE VEUX PAS VOUS TUER DIRECTEMENT.
UURGH...
VOUS PARLIEZ COMME ÇA PARCE QUE VOUS PENSIEZ MOURIR DE TOUTE FAÇON, N'EST-CE PAS ?
BRR BRR
POUR LE MOMENT, VOUS N'ÊTES PAS MORT.
WIP
...!
PLIC
PLOC

WIP
WIP
DONC JE VOUS CONSEILLE DE VOUS COMPORTER CORRECTEMENT.
SPLITCH
FWISH
FWISH
FFFT
FFFT
BIEN. ON CONTINUE LA CONVERSATION ?
VOUS AVEZ DES QUESTIONS ?
JE... JE DOIS DIRE QUELQUE CHOSE.
POUR... POURQUOI GIL...
NON, POURQUOI MOI ? POURQUOI ME TUER, MOI ?

HUM...
VOUS SAVEZ CE QU'EST UN "SPOILER" ?
HEIN ? POURQUOI IL ME DEMANDE ÇA...?
C'EST... C'EST QUAND ON RACONTE LA CHUTE OU LA FIN D'UNE HISTOIRE.
TAP
OUI, C'EST ÇA.
DE NOS JOURS, LES SPOILERS PULLULENT SUR INTERNET.
TAP
CERTAINS ÉCRIVENT LA FIN D'UN FILM DANS LES COMMENTAIRES D'UNE ACTUALITÉ QUI N'A AUCUN RAPPORT...
ET LES PLUS EXTRÊMES ÉCRIVENT TOUT DIRECTEMENT DANS LE TITRE DE LEUR POST...
TAP
ILS SONT TRÈS ACTIFS À LA SORTIE DES BLOCKBUSTERS.
FWIP
VOUS SAVEZ POURQUOI ILS FONT ÇA ?

ARGH
BAH... C'EST POUR FAIRE CHIER LES GENS...
HUH
HUH
EXACT.
COMME LES HATERS ET LES TROLLS.
PLUS PRÉCISÉMENT, ILS VEULENT AVOIR DU POUVOIR SUR LES ÉMOTIONS DES AUTRES.
J'APPELLE ÇA "LE DÉSIR D'ARTISTE".
CE TARÉ... QU'EST-CE QU'IL RACONTE ALORS QU'IL VIENT DE ME POIGNARDER... ?
STOP
FWIP
FWIP
LES BONS ARTISTES ARRIVENT À CHANGER L'ÉMOTION DES AUTRES AVEC LEUR TALENT.

MAIS IL EXISTE DES GENS QUI N'ONT PAS DE TALENT ET QUI ONT TOUT DE MÊME CE DÉSIR D'ARTISTE.
ALORS, ILS FONT CE QU'ILS PEUVENT POUR SUSCITER LA RÉACTION DES AUTRES.
MALHEUREUSEMENT, JE FAIS PARTIE DE CES PERSONNES.
FWOUSH
J'AI CE DÉSIR, MAIS JE N'AI PAS DE TALENT ARTISTIQUE.
SEULEMENT, AU LIEU DE SPOILER, MOI JE TUE.

ET POUR MOI, VOUS ÊTES CE FAMEUX BLOCKBUSTER.
EN VOUS TUANT, JE SUSCITERAI DE NOMBREUSES RÉACTIONS.
J'IMAGINE LE NOMBRE DE COMMENTAIRES DANS LES ARTICLES.
IL EST VRAIMENT TARÉ...!
BON... QUE FAIRE DE CE BLOCKBUSTER ?
J'AI PENSÉ À QUELQUE CHOSE.
JE VEUX QU'ON VOIE LA RAGE ET LA RANCUNE QUE JE RESSENS ENVERS VOUS.
TAC
TAC
DONC JE DEVRAIS VOUS AMOCHER ENCORE PLUS. HUM...
QUOI... ?
AH ! J'AI UNE IDÉE !
FWIP
FWIP
PUISQUE VOUS ÊTES UN VIOLEUR...

SI JE MUTILE VOTRE PÉNIS, JE PENSE QUE ÇA FERA SON PETIT EFFET.
HEIN !
VOUS EN PENSEZ QUOI ? HEIN ?
MINCE... JE SUIS VRAIMENT DANS LA MERDE.
MOURIR N'EST PLUS VRAIMENT LE PROBLÈME...!
GNN
JE PRÉFÈRE ENCORE MOURIR EN ME MORDANT LA LANGUE...!
GNIII

SCRONTCH
QUOI ? VOUS VOULIEZ VOUS MORDRE LA LANGUE ?
AH LÀ LÀ... VOUS SAVEZ, ON NE MEURT PAS EN FAISANT ÇA.
PATIENTEZ UN PEU. JE LE FERAI BIEN MIEUX.
FWOUUSH

BAAM
BAAM
BAAM
PLIC
PLOC
LEEJAE CHOI, MORT.

UUURGH...
TIC
TIC
TIC
TIC
TIC

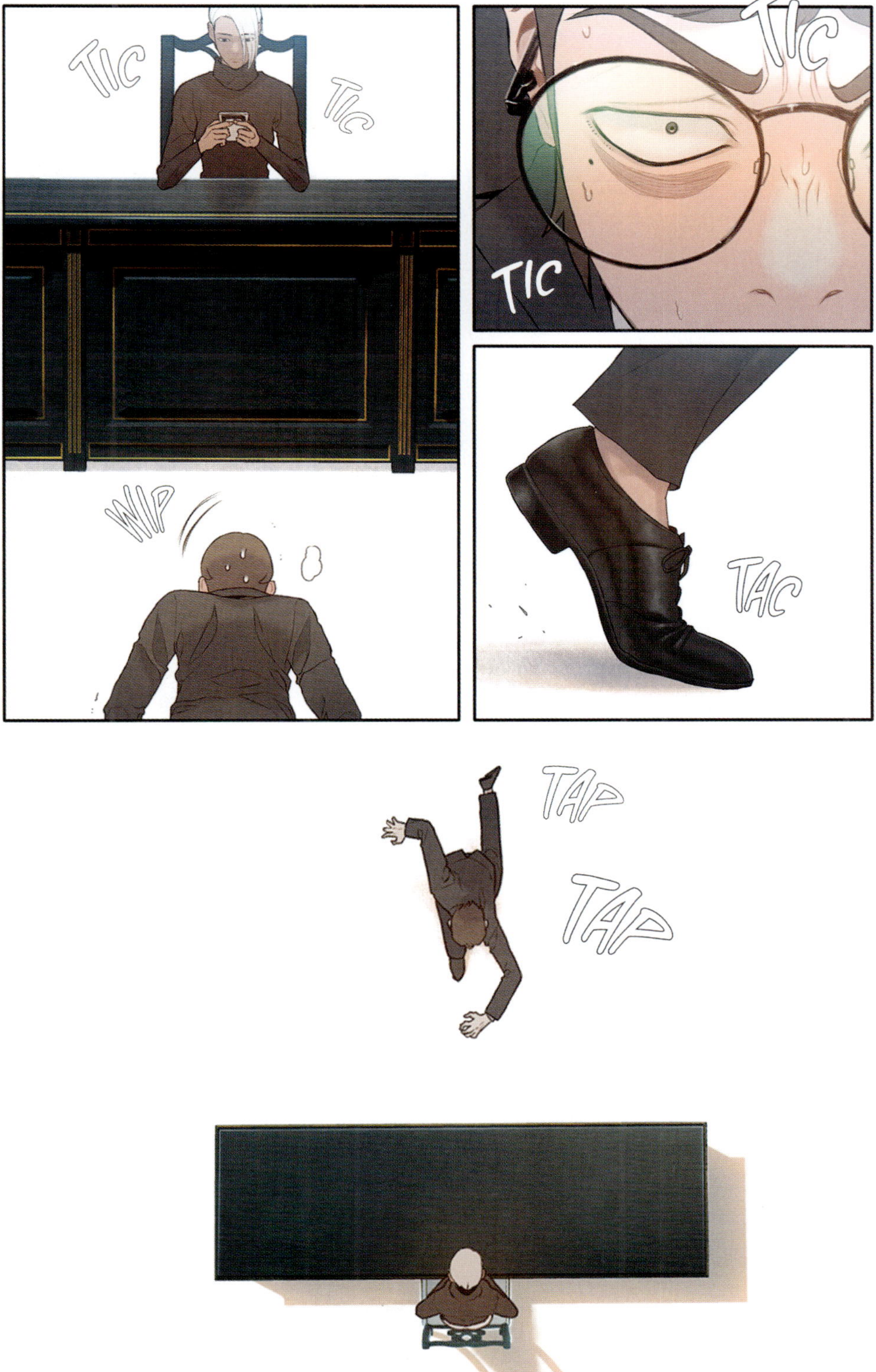
TIC
TIC
TIC
TIC
WIP
TAC
TAP
TAP

FWIP
TAC
TAC
GAME OVER
POF
ARRÊTEZ, TOUT DE SUITE...

QU'EST-CE QUE TU VIENS DE DIRE ?
ARRÊTEZ CES CONNERIES, MERDE !!

DEATH.

TH'S GAME
CHAPITRE 10

VOUS SAVEZ TRÈS BIEN COMMENT JE SUIS MORT CETTE FOIS-CI, N'EST-CE PAS ?
EST-CE QUE JE MÉRITE VRAIMENT DE SUBIR DE TELLES HORREURS ?
...
SE DONNER LA MORT EST-IL UN SI GRAND PÉCHÉ ?!
HEIN ?!
EST-CE QUE C'EST PAS PLUTÔT CES CONNARDS QUI COMMETTENT UN PÉCHÉ EN ME TUANT SANS CESSE ?!
QUEL EST VOTRE BUT EN ME FAISANT SUBIR ÇA ?
C'EST POUR ME JUGER ?
OU BIEN C'EST JUSTE POUR ME DONNER UNE LEÇON SUR L'IMPORTANCE DE LA VIE ?
MÊME SI C'EST LE CAS...

ET MÊME SI VOUS ÊTES UNE DIVINITÉ !
QU'EST-CE QUI VOUS DONNE LE DROIT DE FAIRE ÇA ? RÉPONDEZ-MOI !
...
PFF...
HA HA !
VOUS RIEZ ?!
JE RIS PARCE QUE C'EST DU GRAND N'IMPORTE QUOI.
RIEN NE VA DANS CE QUE TU VIENS DE DIRE.

?!
FWIP
POURQUOI...?
TU N'AS RIEN COMPRIS À TA SITUATION.
ALORS QUE JE T'AI DÉJÀ TOUT EXPLIQUÉ AU DÉBUT.
IMBÉCILE.
TAP
TAP
DÉJÀ...
JE NE SUIS PAS UNE DIVINITÉ.
JE NE SUIS NI UN DIEU NI UN ANGE DE LA MORT.

JE SUIS LA MORT INCARNÉE.
STOP
QUE CE SOIT LA MORT EN TANT QUE PHÉNOMÈNE OU CONCEPT.
J'AI JUSTE PRIS CETTE FORME POUR QUE TU ARRIVES À ME VISUALISER.
...
TAC
ET PUIS...
JE N'AI JAMAIS DIT QUE JE TE PUNISSAIS POUR TES PÉCHÉS.
DANS TON TESTAMENT, TU AS PRIS LA MORT À LA LÉGÈRE...
DONC JE TE PUNIS CAR TU M'AS MISE EN COLÈRE.
OK ?
DONC, SI J'AI BIEN COMPRIS...
FFFT

VOUS ÊTES LA MORT INCARNÉE...
ET J'AI PRIS LA MORT À LA LÉGÈRE DANS MON TESTAMENT...
CE QUI REVIENT À VOUS MANQUER DE RESPECT. ET DONC, VOUS ÊTES EN COLÈRE À CAUSE DE ÇA ?
C'EST ÇA. TU AS ENFIN COMPRIS.
JE NE SUIS PAS LÀ POUR JUGER TES PÉCHÉS.
CEUX QUI FONT ÇA SONT AILLEURS.
FWIP
LES "CONNARDS" QUE TU AS ÉVOQUÉS SONT PROBABLEMENT LÀ-BAS POUR ÊTRE JUGÉS.
ET LES SENTENCES DANS CE LIEU...
SONT ENCORE PLUS DURES QU'ICI.
TU ES PLUTÔT BIEN AVEC MOI.
HIIK
...!

BREF, QUE TU AIES COMMIS UN PÉCHÉ OU NON...
CE N'EST PAS MON RÔLE DE TE JUGER.
ET JE N'AI PAS L'INTENTION DE LE FAIRE, DE TOUTE FAÇON.
FFFT
DONC NE TE MÉPRENDS PAS.
TAC
JE NE SUIS PAS LÀ POUR TE JUGER...
JE TE PUNIS PERSONNELLEMENT PARCE QUE TU M'AS VEXÉE.
AH...
TOUT À L'HEURE, JE TROUVAIS ÇA INJUSTE...
MAIS LÀ, C'EST VRAIMENT DU GRAND N'IMPORTE QUOI.
VOUS ME FAITES ÇA PARCE QUE JE VOUS AI VEXÉE ? SÉRIEUX ?!
RAAAH !
J'AI SÛREMENT PAS ÉTÉ LE SEUL À VOUS MANQUER DE RESPECT DANS CE MONDE !

C'EST IMPOSSIBLE !!
HUM... C'EST VRAI.
POUR T'EXPLIQUER : JE REÇOIS LES TESTAMENTS DE TOUS CEUX QUI VONT MOURIR.
C'EST COMME LES LETTRES AU PÈRE NOËL. MAIS LE CONTENU EST BIEN PLUS TRISTE.
JE NE LIS PAS TOUT. JE NE SUIS PAS AUSSI SYMPA QUE LE PÈRE NOËL.
MAIS, DE TEMPS EN TEMPS, ÇA M'ARRIVE D'EN LIRE QUELQUES-UNS QUI ATTIRENT L'ŒIL.
COMME TU DIS, IL A DÛ Y EN AVOIR D'AUTRES, MAIS JE N'EN AVAIS PAS ENCORE LUS.
MALHEUREUSEMENT, J'AI FINI PAR LIRE LE TIEN.
ET SON CONTENU NE M'A PAS PLU DU TOUT.
DONC J'AI DÉCIDÉ DE TE PUNIR PERSONNELLEMENT.

DONC...
VOUS VOULEZ DIRE QUE J'AI JUSTE PAS EU DE CHANCE ?
EN EFFET, ON PEUT DIRE ÇA COMME ÇA.
PUTAIN !! POURQUOI VOUS ÊTES AUSSI FRANCHE ?!
ARRH !!
POURQUOI VOUS ME MARTYRISEZ ?! POURQUOI JE DOIS SUBIR UN TEL TRAITEMENT ?!
ALORS QUE JE SUIS INNOCENT !!
SI TU PENSES QUE TU ES LE SEUL À ÊTRE MARTYRISÉ, TU TE TROMPES.
JE TRAITE TOUS LES HUMAINS DE LA MÊME MANIÈRE.

HAA...
LA SEULE DIFFÉRENCE, C'EST QUE JE TE LE FAIS SUBIR PLUSIEURS FOIS.
DRRR
JE ME POSE UNE QUESTION, LÀ.
TAP
JE NE TE PUNIS PAS PARCE QUE TU AURAIS COMMIS UN "PÉCHÉ"...
TAP
ET SI ON PART DU PRINCIPE QUE SE DONNER LA MORT N'EN EST PAS UN...
TU PENSES VRAIMENT N'AVOIR COMMIS AUCUN PÉCHÉ ?
QU'EST-CE QUE VOUS VOULEZ DIRE ?
JE TE DEMANDE SI TU PENSES ÊTRE TOTALEMENT INNOCENT.
EST-CE QUE TU CROIS POUVOIR TE PRÉSENTER DEVANT LA BALANCE DE LA JUSTICE ?
?!
LEEJAE.
MON FILS...

JE N'AI COMMIS AUCUN PÉCHÉ.
GNIP
DRR
AH OUI ? BON, PEU IMPORTE.
MON BUT EST DE MIEUX TE FAIRE CONNAÎTRE LA MORT.
QUE TU COMPRENNES QUE C'EST NI UN "MOYEN"...
CLAC
NI UNE CHOSE AVEC LAQUELLE ON PEUT FAIRE N'IMPORTE QUOI OU QUE L'ON PEUT CONTRÔLER.
JE VAIS TE L'ENFONCER BIEN PROFOND DANS LE CRÂNE.
MERDE...
JE ME DEMANDE CE QU'ELLE VA ENCORE ME FAIRE SUBIR...
BRR
BRR

S'IL VOUS PLAÎT...
J'ÉTAIS FATIGUÉ DE MA VIE QUAND J'AI ÉCRIT MON TESTAMENT...
POF
DONC J'ÉTAIS EN COLÈRE...
DÉSOLÉ... JE SUIS VRAIMENT DÉSOLÉ...
FFFT
JE VOUS EN SUPPLIE...
ARRÊTEZ TOUT ÇA... S'IL VOUS PLAÎT...
WIP
WIP
TU CROIS QU'UN CONDAMNÉ PEUT SURVIVRE S'IL SUPPLIE À GENOUX ?
TU AS DÉJÀ VU CE GENRE DE SITUATION ?
...

CRIIC
TU N'AS TOUJOURS PAS COMPRIS CE QU'EST LA MORT ? MÊME APRÈS TOUS CES DÉCÈS ?
CE N'EST PAS GRAVE, TU AS ENCORE PLUSIEURS OCCASIONS DE LE COMPRENDRE.
CLAC
ALORS...
FWIP
VOUS ALLEZ CONTINUER À ME TUER...?
EN EFFET.
DANS CE CAS...

DÉPÊCHE-TOI DE TIRER, AU LIEU DE RACONTER N'IMPORTE QUOI.
QUOI ?
DE TOUTE MANIÈRE, PEU IMPORTE CE QUE JE FAIS, TU VAS CONTINUER CE JEU, NON ?
TAP
TAP
DONC DÉPÊCHE-TOI DE TIRER.

TU ME FAIS SUBIR ÇA POUR CALMER TES NERFS, NON ?
TE SUPPLIER NE SERVIRA À RIEN NON PLUS.
CE N'EST NI UN JUGEMENT NI UNE SENTENCE POUR MES PÉCHÉS.
DONC JE NE SUIS PAS OBLIGÉ DE PRENDRE ÇA AU SÉRIEUX, SI ?
J'AI TORT ?
JE VAIS JUSTE TENIR JUSQU'À LA FIN DE CE PUTAIN DE JEU.
DONC VOILÀ, DÉPÊCHE-TOI DE TIRER...
TAC
AVEC CE PUTAIN DE PISTOLET.

TU...?
QUOI ?
JE T'AI ENCORE
VEXÉE ?

ALORS TIRE !
RAAAH !
TIRE, PUTAIN
DE MERDE !!

ALORS ? ON NE SAIT PLUS COMMENT FAIRE ?
PETIT INSOLENT... TU AS PERDU LA RAISON...
TU PENSAIS QUE J'ALLAIS RESTER SEREIN APRÈS TOUT CE QUE TU M'AS FAIT SUBIR ?
GNIARK
C'EST IMPOSSIBLE.
...
GLOUPS
JE ME SUIS LAISSÉ EMPORTER... LÀ, J'AI PEUR.

MERDE. QUOI QUE JE FASSE, LA SITUATION NE CHANGERA PAS.
GRIP
ALORS ? CE N'EST PAS LA RÉACTION QUE TU ATTENDAIS ?
JE FAIS PLAISIR À CETTE SALOPE SI JE PRENDS PEUR.
OH !
LE MEILLEUR MOYEN DE ME SORTIR DE CETTE SITUATION, C'EST DE RÉAGIR D'UNE MANIÈRE À LAQUELLE ELLE NE S'ATTEND PAS.
NON. C'EST PLUTÔT AMUSANT.
AH ?
CE N'EST PAS DRÔLE SI UN INSECTE MEURT DU PREMIER COUP.
QUOI ?

CRIIC
DÉBATS-TOI...
TEL UN INSECTE.
QUE...!
PAN
JE VAIS ME DÉBATTRE COMME UN INSECTE !
JUSQU'À LA FIN !
GRR
OUAIS, C'EST ÇA, TU VAS VOIR.

FWUUU
C'EST QUOI ÇA... UN LIVE STREAM ?
JE REGARDAIS CE STREAMER ?
Live

Live
STOP
...?
ZIEUT
BZZ
NE ME DIS PAS...
FWIIT
Rechercher
TV
1,307,521 abonnés
Live
AH...
?!
JE NE SUIS PAS EN TRAIN DE REGARDER UN LIVE...
MAIS JE SUIS EN TRAIN DE STREAMER ?!

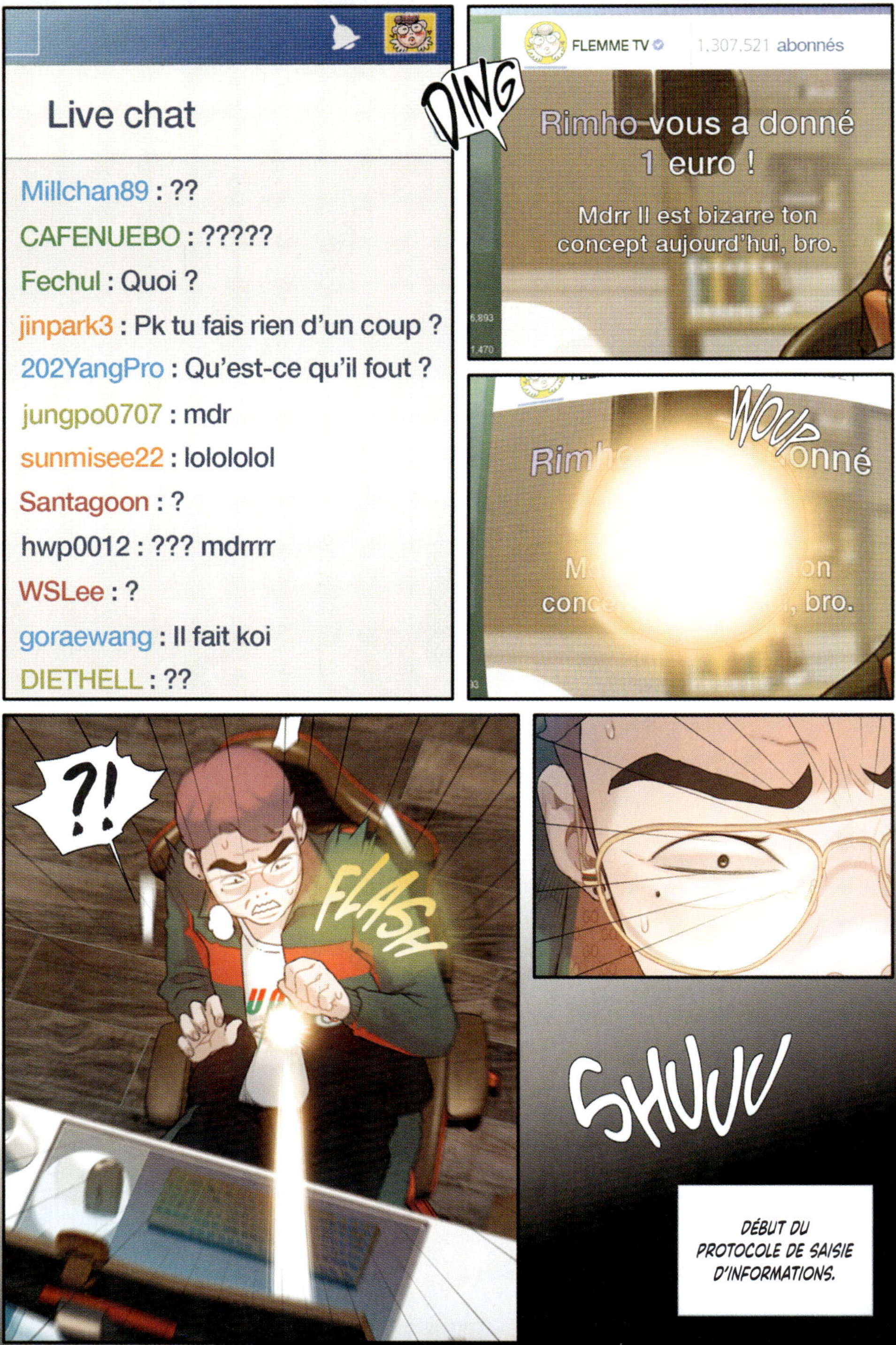
Live chat
Millchan89 : ??
CAFENUEBO : ?????
Fechul : Quoi ?
jinpark3 : Pk tu fais rien d'un coup ?
202YangPro : Qu'est-ce qu'il fout ?
jungpo0707 : mdr
sunmisee22 : lolololol
Santagoon : ?
hwp0012 : ??? mdrrrr
WSLee : ?
goraewang : Il fait koi
DIETHELL : ??
DING
FLEMME TV
1.307.521 abonnés
Rimho vous a donné 1 euro !
Mdrr Il est bizarre ton concept aujourd'hui, bro.
WOUP
?!
FLASH
SHUUU
DÉBUT DU PROTOCOLE DE SAISIE D'INFORMATIONS.

NOM :
GUCHAN KIM
PSEUDO STREAMER :
FLEMME KIM
ÂGE : 31 ANS
QUAND IL ÉTAIT
À L'ÉCOLE, C'ÉTAIT UN
ÉLÈVE PLUTÔT BANAL.
IL N'ÉTAIT PAS TRÈS
FORT EN SPORT...
ET IL N'ÉTAIT PAS
PARTICULIÈREMENT BRILLANT
DANS SES ÉTUDES.
MAIS IL ÉTAIT FORT
POUR UNE CHOSE...
C'ÉTAIT LE
PLUS DRÔLE DANS TOUS
SES GROUPES D'AMIS.
C'ÉTAIT LE CAS
AU COLLÈGE...

AU LYCÉE...
À L'UNIVERSITÉ...
ET MÊME À L'ARMÉE.
OÙ QU'IL SOIT, IL ÉTAIT TOUJOURS LE CENTRE D'ATTENTION DANS SON ENTOURAGE.
POUR AUTANT, CE TALENT NE L'AVAIT PAS VRAIMENT AIDÉ DANS LA VIE.
LE SEUL RÔLE IMPORTANT QU'IL AVAIT OCCUPÉ ÉTAIT CHEF DU CLUB DE GAMING AU COLLÈGE.
IL FAIT QUOI LE CHEF DU CLUB DE GAMING ?
EUH... T'AS QU'À FAIRE RIRE LES GENS !
PENDANT SES ÉTUDES SUPÉRIEURES, IL ÉTAIT CONNU POUR ÊTRE MARRANT EN SOIRÉE, MAIS...

MALGRÉ SES EFFORTS POUR METTRE L'AMBIANCE, LES FILLES AVAIENT TENDANCE À SORTIR AVEC D'AUTRES HOMMES.
FINALEMENT, JE NE SUIS QU'UN CLOWN...
MÊME À L'ARMÉE...
LES SUPÉRIEURS CHERCHAIENT À ÊTRE EN ÉQUIPE AVEC LUI, CAR CELA RENDAIT LE TRAVAIL MOINS ENNUYEUX.
HA HA
TROP DRÔLE !
CEPENDANT, ÇA NE LUI PLAISAIT PAS.
IL DEVAIT PRÉPARER DES HISTOIRES ET DES BLAGUES À RACONTER...
C'ÉTAIT UN TRAVAIL DE PLUS.
ET PUIS, ÊTRE UNE PERSONNE AMUSANTE...

N'A JAMAIS AIDÉ POUR TROUVER UN EMPLOI APRÈS LES ÉTUDES.
CE N'EST PAS AVEC UN CV MARRANT OU DES ANECDOTES À RACONTER LORS DES ENTRETIENS...
QU'IL ALLAIT ÊTRE EMBAUCHÉ.
PTDRRRRRRRRR
Qu'est-ce qu'il fout lol
LOOOOOOOOOOOOL
JE PENSE POUVOIR FAIRE MIEUX QUE LUI...
EST-CE QUE JE DEVRAIS ESSAYER LE STREAMING ?
SA VIE A CHANGÉ À CE MOMENT-LÀ.
EN UN AN, IL GAGNAIT DÉJÀ PLUS QUE LES SALARIÉS DE GRANDES ENTREPRISES...
FLEMME TV
1,307,521 Abonnés
PLUS LE TEMPS PASSAIT, PLUS IL SE FAISAIT D'ARGENT.
LA RAISON ?
IL ÉTAIT RESTÉ CE GARS RIGOLO JUSQU'À MAINTENANT.
CLIC
970 : MDRRR
MELO : trop drôle c'est le
t'as fumé ou quoi mdrrr
h89 : mdrrrr
ngPro : des barres loool
Noon : ptdrrrrr
ee22 : waaaaaaaaaa
0707 : c'est le feu

FIN DE LA SAISIE D'INFORMATIONS.
SHUUU
AH !
ALORS... ÇA VEUT DIRE QU'IL EST MÉGA RICHE ?
C'EST LE JACKPOT !
PAR CONTRE... JE SUIS EN PLEIN LIVE DÈS MON RÉVEIL...
QU'EST-CE QUE JE DOIS FAIRE ?
JE N'AI JAMAIS ÉTÉ QUELQU'UN DE MARRANT...

TH'S GAME
CHAPITRE 11

GLOUPS
FFFT
BUVONS UN PEU D'EAU AVANT DE RÉFLÉCHIR...
GLOU GLOU
JE ME DEMANDE...
COMBIEN IL Y A DE SPECTATEURS.
AH, C'EST LÀ...
8 711 spectateurs
PLUS DE 8 000 ?!
GRIP

SPLASH
GH ?!
BOUM
Live
URGH...
ÇA FAIT MAL...
ATTENDS... DES MILLIERS DE GENS SONT EN TRAIN DE ME REGARDER.
PUTAIN... J'AI FAIT UNE GAFFE.
QUE FAIRE... ?
DRRR

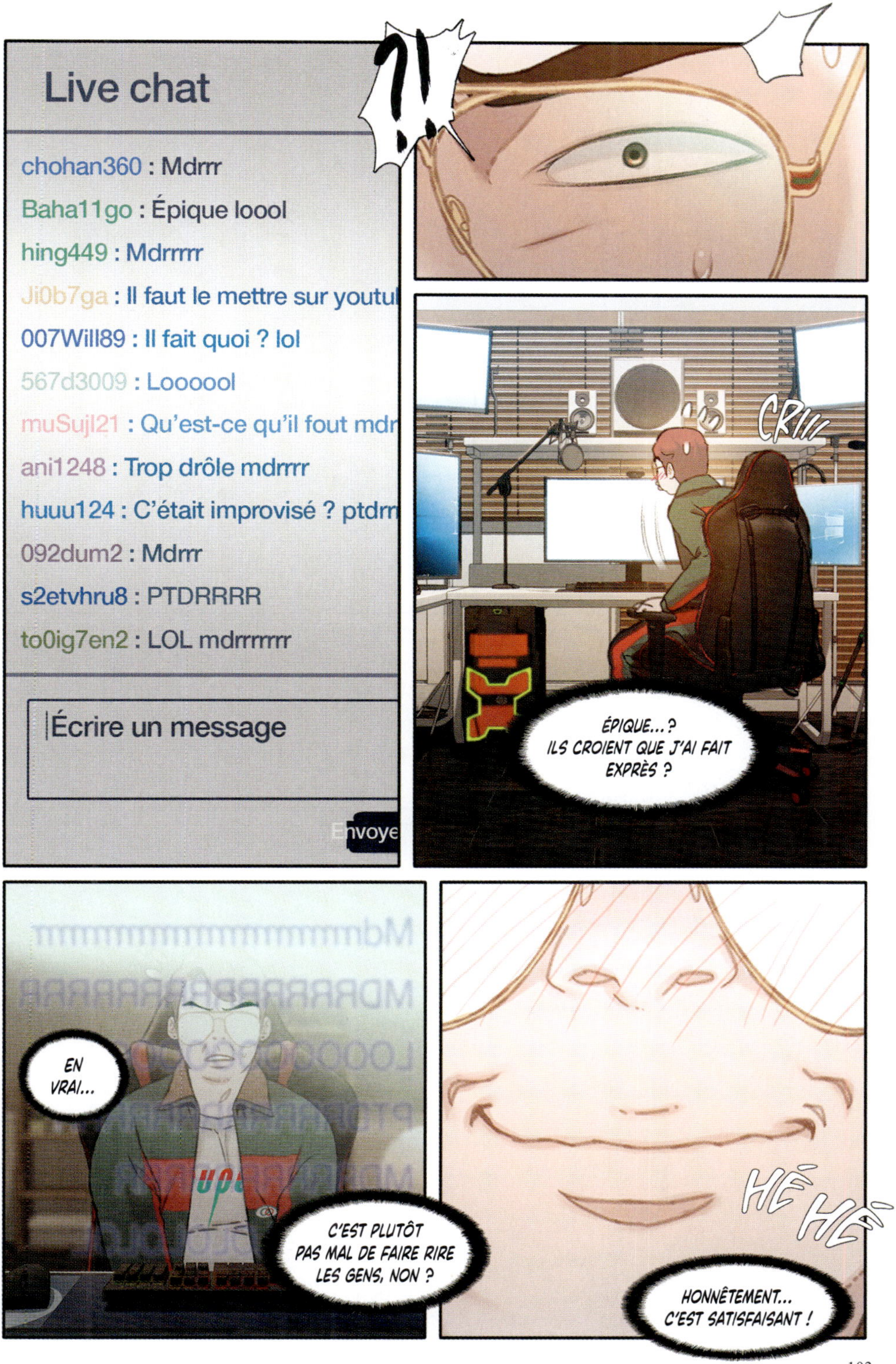

Live chat
chohan360 : Mdrrr
Baha11go : Épique loool
hing449 : Mdrrrrr
Ji0b7ga : Il faut le mettre sur youtul
007Will89 : Il fait quoi ? lol
567d3009 : Loooool
muSujl21 : Qu'est-ce qu'il fout mdr
ani1248 : Trop drôle mdrrrr
huuu124 : C'était improvisé ? ptdrr
092dum2 : Mdrrr
s2etvhru8 : PTDRRRR
to0ig7en2 : LOL mdrrrrrr
Écrire un message
Envoye
?!
CRII
ÉPIQUE... ? ILS CROIENT QUE J'AI FAIT EXPRÈS ?
Mdrrrrrrrrrrrrrrrrrr
MDRRRRRRRRRRRR
EN VRAI...
C'EST PLUTÔT PAS MAL DE FAIRE RIRE LES GENS, NON ?
HÉ HÉ
HONNÊTEMENT... C'EST SATISFAISANT !

BZZ
BZZ
Live
EUH...
QU'EST-CE QUE JE DOIS FAIRE, MAINTENANT ?
JE VAIS QUITTER LE LIVE POUR L'INSTANT.
DÉ... DÉSOLÉ LES GARS.
hansum223 : ?
567d3009 : Non…
oo097w : Tu rigoles ?
22ggrdb : Un nouveau concep
ghgh890 : ??
J'AI MAL À LA HANCHE À CAUSE DE MA CHUTE...
HA
HA
FLEMME TV
1,307,521 abonnés
KimHB vous a donné 1 euro !
Non... j'ai déjà commandé à manger...
DING

Live chat
timi092 : AH
43bfeec : ??????
789ent : lol ????
chugaku22 :
milli224 : Tu pars déjà ?
songsari48 : Non !
zzazung05 : Je vais t'unfollow…
828209 : Non…
AH…
JE SUIS VRAIMENT DÉSOLÉ !
CLIC
CLIC
CLIC
JE VOUS QUITTE !
C'EST PLUTÔT COMPLIQUÉ TOUT ÇA…
CRII
FIOU…
JE VAIS ME REPOSER POUR L'INSTANT.
CLAC
AH !

QUE...?
POF
SI...
SI JE PEUX RESTER EN VIE...
HAA...
PFF, J'SAIS PAS. JE VAIS ME REPOSER.

REGARDONS LA TÉLÉ, POUR UNE FOIS...
CLIC
SANS TRANSITION : LE VIOLEUR GILHAK YOO QUI AVAIT CHOQUÉ LA POPULATION IL Y A QUELQUE TEMPS, A ÉTÉ RETROUVÉ MORT AUJOURD'HUI.
C'ÉTAIT XXX DE XXX NEWS.
HOP
?!
ILS SONT DÉJÀ AU COURANT ?
DE TOUTE FAÇON...
CE TYPE VOULAIT QU'ON SOIT AU COURANT DE CE QU'IL A FAIT.

SBC
L'AUTOPSIE RÉVÈLE QUE LA VICTIME AURAIT ÉTÉ TUÉE IL Y A DEUX JOURS.
GRÂCE À LA GÉOLOCALISATION DE SON BRACELET ÉLECTRONIQUE, ILS ONT PU VITE RETROUVER LE CORPS APRÈS SA MORT.
LA POLICE A PU DÉTERMINER GRÂCE AUX EXAMENS QUE LE SEXE DE LA VICTIME...
AVAIT ÉTÉ VIOLEMMENT MUTILÉ ALORS QU'IL ÉTAIT TOUJOURS EN VIE.
ak, retrouvé mort...
LA POLICE PENSE QUE LE RESPONSABLE DEVAIT AVOIR DE LA RANCŒUR ENVERS CE CRIMINEL. C'ÉTAIT SÛREMENT UN ACTE DE HAINE...
TAC
VLAN
PUTAIN...
ÇA ME RAPPELLE CE MOMENT...

IL FAUT QUE JE ME RESSAISISSE.
JE M'EMBALLE ALORS QUE JE ME SUIS FAIT SAUVAGEMENT ASSASSINER.
JE SUIS NAÏF.
ÇA DOIT ÊTRE UN PLAN DE LA "MORT". ELLE VEUT ME REDONNER ENVIE DE VIVRE AVEC UN TEL ENVIRONNEMENT.
SI JE COMMENCE À RÉFLÉCHIR À COMMENT ÉVITER LA MORT, JE NE FAIS QU'EXÉCUTER SON PLAN.
CLAC
JE DOIS ESSAYER DE PENSER DIFFÉREMMENT.
WIP
POUR ÇA, IL VA FALLOIR QUE JE COMPRENNE SON PLAN.
TAC

LA MORT... A COMPARÉ "CETTE CHOSE" À UN JEU.
SI ON COMPARE LA VIE À UN JEU VIDÉO, LE VRAI PROPRIÉTAIRE FINIT SA PARTIE SANS SAUVEGARDER.
LA PERSONNE MEURT CAR C'EST SON DESTIN...
ET TOI, TU REPRENDS UNE SAUVEGARDE DU JEU JUSTE AVANT LA FIN.
LA FIN DÉPEND DE TES ACTIONS.
PAR EXEMPLE, TU PEUX TRÈS BIEN RESTER VIVANT.
PSHIII
AL TASTE

LE FAIT QUE LE PROPRIÉTAIRE DE CE CORPS SOIT ARRIVÉ À LA FIN DU JEU VEUT DIRE...
QU'IL VIVAIT NORMALEMENT ET IL EST MORT, RATTRAPÉ PAR LE DESTIN.
GLOU
GLOU
ET LE FAIT QUE JE PUISSE ATTEINDRE UNE NOUVELLE FIN...
GLOU
BIEN QUE JE SOIS DANS CE CORPS DESTINÉ À MOURIR...
TAC
SIGNIFIE QU'IL EXISTE UNE SORTE DE MONDE PARALLÈLE.
SBC
MAIS VU LES INFOS, JE PENSE QUE JE NE RETROUVE PAS UN MONDE PARALLÈLE À CHAQUE FOIS QUE JE ME RÉVEILLE DANS UN NOUVEAU CORPS.
ÇA VEUT DIRE QUE JE MEURS DANS LE MÊME MONDE.
k, retrouvé mort...
D'AILLEURS...
ON SAIT QU'IL Y A PEU D'ÉCART DE TEMPS ENTRE LES DÉCÈS, ET QUE LE TEMPS S'ÉCOULE NORMALEMENT.
QUAND JE PASSERAI À UNE NOUVELLE PARTIE...
JE SAURAI QUE JE NE SUIS NI DANS LE PASSÉ NI DANS UN FUTUR LOINTAIN PAR RAPPORT À LA MORT LA PLUS RÉCENTE.

GLOU GLOU
EN CONCLUSION, LE TEMPS DANS CE "JEU" PASSE NORMALEMENT, MÊME APRÈS LA MORT.
ET IL Y A PEU D'ÉCART DE TEMPS ENTRE DEUX DÉCÈS.
CELA VEUT DIRE QUE CE JEU A UNE "CONTINUITÉ".
TAC
...!
S'IL Y A UNE CONTINUITÉ, ÇA VEUT DIRE QUE JE PEUX FAIRE DES PLANS À LONG TERME.
PAR EXEMPLE, CETTE VIE DE RICHE SE FINIT SI JE MEURS.

MAIS SI JE CHANGE CES BIENS EN ARGENT LIQUIDE OU EN OR, ET QUE JE LES CACHE QUELQUE PART...
JE POURRAI PEUT-ÊTRE RÉCUPÉRER CET ARGENT DANS LA PROCHAINE PARTIE !
OUI, C'EST ÇA.
BABOUM
BABOUM
C'EST LA SOLUTION POUR SORTIR DE SON PLAN !
BIEN. JE VAIS D'ABORD RÉCUPÉRER LES OBJETS PRÉCIEUX... POUR LE LIQUIDE, JE DOIS LE RÉCUPÉRER VIA MON COMPTE BANCAIRE, C'EST ÇA ?
QU'EST-CE QUI POURRAIT ÊTRE ÉCHANGÉ CONTRE DE L'ARGENT, ICI ?
FWIP
LA MAISON...
ELLE DOIT COÛTER CHER MAIS JE NE PEUX PAS LA VENDRE RAPIDEMENT.

MAIS OUI !
LA VOITURE !
JE PEUX VENDRE DIRECTEMENT UNE VOITURE, NON ?
CLAC
AVEC UNE TELLE BARAQUE, LA CAISSE DOIT PAS ÊTRE MAL NON PLUS.
VROUM
C'EST... C'EST BIEN PLUS QUE CE QUE J'IMAGINAIS !
JE VAIS DONC VENDRE LA VOITURE...
EUH... JE NE VAIS PAS LA VENDRE MAINTENANT DE TOUTE FAÇON...

VROUUUM
PROFITONS UN PEU !! HA HA !!
ELLE DÉCHIRE, CETTE BAGNOLE !!
VRRRRR
89꿀 X230
HA HA HA HA HA !

VROUM
JE DEVRAIS RÉDUIRE UN PEU LA VITESSE...
IL FAUT QUE J'ÉVITE DE MOURIR AVANT D'AVOIR EXÉCUTÉ MON PLAN...
CRIII
JE VAIS EN PROFITER POUR PRENDRE UN PEU L'AIR.
Angel in our hearts
BLAND
MISSHE
VRRRR

HAA...
UNE PETITE BIÈRE
ET ÇA SERAIT
TOP ICI...
OU BIEN UN
RENDEZ-VOUS
AVEC UNE FILLE...
LES DEUX, ÇA
SERAIT PARFAIT.

MOI AUSSI, JE ME PROMENAIS SOUVENT AU BORD DE LA RIVIÈRE AVEC JIEUN...
RAAH... ÇA N'A SERVI À RIEN DE TOUTE FAÇON.
FWIT
ELLE SE MARIE AVEC UN AUTRE ET PUIS, JE SUIS MORT.
EST-CE QU'ELLE EST VENUE À MES FUNÉRAILLES ?
ÇA M'ÉTONNERAIT.

PSST
HEIN... ? QUOI ?
PSST
HOP
JE L'AI VEXÉ EN LES OBSERVANT ?
EXCUSEZ-MOI...
TAP TAP
QU'EST-CE QUE JE DEVRAIS FAIRE ? EST-CE QUE JE DOIS DIRE QUE JE REGARDAIS DANS LE VIDE ?
OU ALORS, EST-CE QUE JE DEVRAIS M'ENFUIR ?
VOUS ÊTES PAS...
FLEMME KIM, PAR HASARD ?

HEIN ?
SÉRIEUX ? JE REGARDE VOS LIVES !
JE SUIS UN FAN !
AH...!
MER... MERCI.
SI ÇA VOUS DÉRANGE PAS, ON POURRAIT PRENDRE UNE PHOTO ENSEMBLE ?
ALLEZ.
MERCI !
CHÉRIE ! VIENS VITE ! IL EST D'ACCORD !
OUAIS ! EXCELLENT !
MA COPINE EST UNE FAN AUSSI.
ELLE VOUS A VU ET M'A SUPPLIÉ DE VOUS DEMANDER POUR ELLE.
AH...
C'ÉTAIT DONC ÇA...
ALLEZ, SOURIEZ !
UN, DEUX...

CLIC
BONNE CONTINUATION !
MERCI !
JE ME SUIS INQUIÉTÉ POUR RIEN.
JE CROYAIS QU'IL ALLAIT ME TAPER...
C'EST VRAI QUE JE NE SUIS PLUS GILHAK.
HA HA

QUE LES GENS ME RECONNAISSENT ET M'APPRÉCIENT...
C'EST PLUTÔT PAS MAL.
C'ÉTAIT PAS CE GENRE DE RÉACTION QUAND J'ÉTAIS GILHAK...
OU MÊME QUAND J'ÉTAIS LEEJAE...!
NON. RESSAISIS-TOI.
JE SUIS DESTINÉ À VITE MOURIR. TOUT ÇA, C'EST FUTILE.
FWIP
C'EST BIEN POUR ÇA QUE J'AI RÉFLÉCHI À UN PLAN.
OUAIS ! ÇA NE ME MÈNE À RIEN SI JE RESTE COMME ÇA.
HOP
EXÉCUTONS CE PLAN, MAINTENANT.
ET DONC, DÈS LE LENDEMAIN, J'AI DÉCIDÉ DE METTRE MON PLAN À EXÉCUTION.
BAM

HUH
HUH
JE NE SAVAIS PAS QUE L'ARGENT PESAIT SI LOURD.
UN MILLION QUATRE CENT MILLE AU TOTAL...
J'AI D'ABORD VENDU LA VOITURE.
PUIS J'AI RETIRÉ TOUT L'ARGENT DU COMPTE BANCAIRE DE GUCHAN. IL AVAIT UN MONTANT BIEN SUPÉRIEUR À CE QUE J'IMAGINAIS.
Live
J'AI REMARQUÉ QUE GUCHAN GAGNAIT DE L'ARGENT NON SEULEMENT GRÂCE AU STREAMING...
SUR SA CHAÎNE YOUTUBE...
FLEMME TV
1 720 127 Abonnés
Accueil
Vidéos
Playlis
TU N'AS PAS LA FLEMME DE CHERCHER ? ACHÈTE ICI !
ET AUX PUBLICITÉS...
APPROUVÉ PAR LE CÉLÈBRE STREAMER FLEMME KIM !
HC GAMING COMPUTER

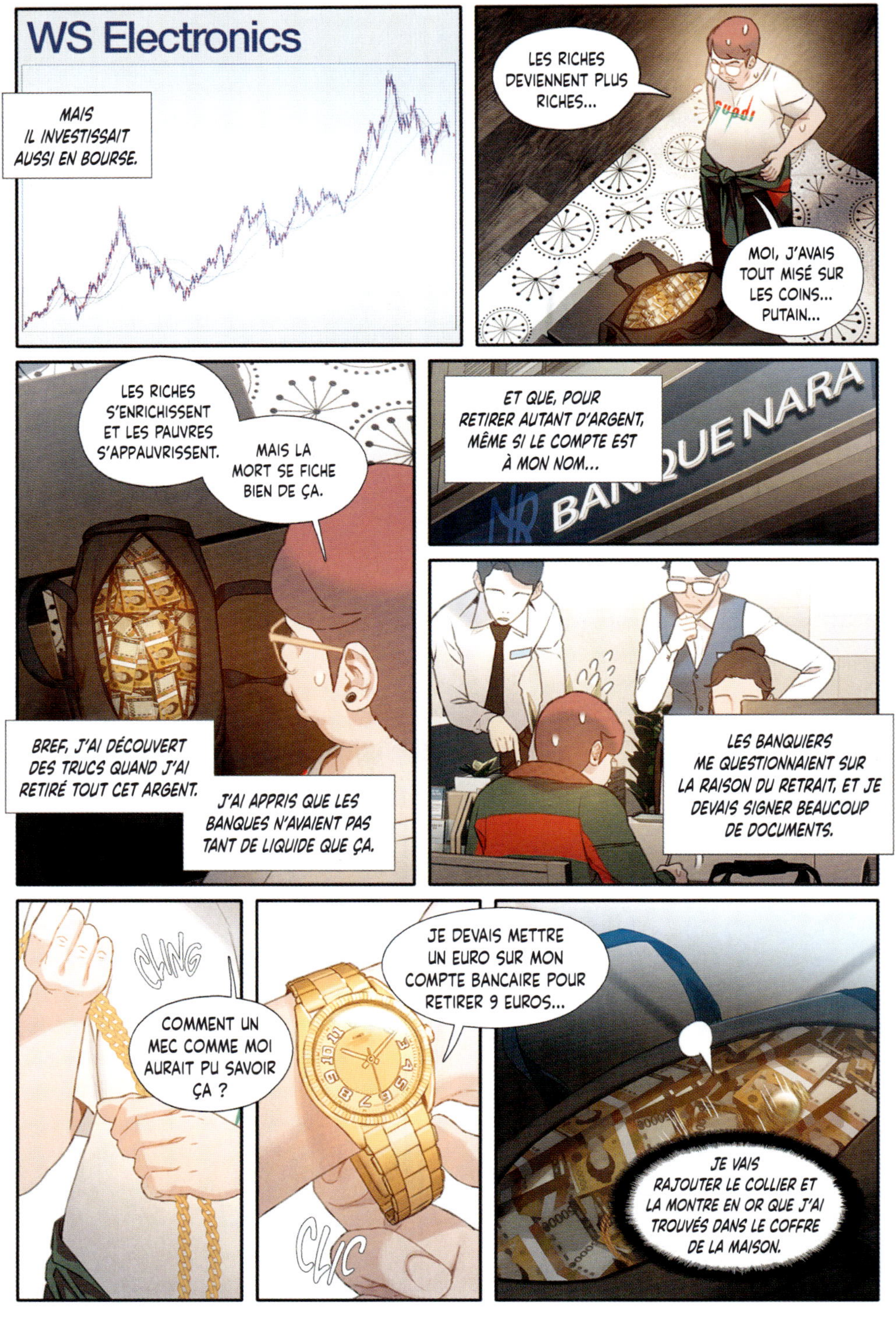
WS Electronics
MAIS IL INVESTISSAIT AUSSI EN BOURSE.
LES RICHES DEVIENNENT PLUS RICHES...
MOI, J'AVAIS TOUT MISÉ SUR LES COINS... PUTAIN...
LES RICHES S'ENRICHISSENT ET LES PAUVRES S'APPAUVRISSENT.
MAIS LA MORT SE FICHE BIEN DE ÇA.
BREF, J'AI DÉCOUVERT DES TRUCS QUAND J'AI RETIRÉ TOUT CET ARGENT.
J'AI APPRIS QUE LES BANQUES N'AVAIENT PAS TANT DE LIQUIDE QUE ÇA.
ET QUE, POUR RETIRER AUTANT D'ARGENT, MÊME SI LE COMPTE EST À MON NOM...
BANQUE NARA
LES BANQUIERS ME QUESTIONNAIENT SUR LA RAISON DU RETRAIT, ET JE DEVAIS SIGNER BEAUCOUP DE DOCUMENTS.
CHING
COMMENT UN MEC COMME MOI AURAIT PU SAVOIR ÇA ?
JE DEVAIS METTRE UN EURO SUR MON COMPTE BANCAIRE POUR RETIRER 9 EUROS...
CLIC
JE VAIS RAJOUTER LE COLLIER ET LA MONTRE EN OR QUE J'AI TROUVÉS DANS LE COFFRE DE LA MAISON.

BIEN... OÙ EST-CE QUE JE VAIS CACHER ÇA ?
EST-CE QUE JE DEVRAIS ACHETER UN TERRAIN ET L'ENTERRER LÀ, COMME À LA TÉLÉ ?
NON. SI JE MEURS, SA FAMILLE S'OCCUPERA DE SON HÉRITAGE.
JE NE PEUX PAS METTRE CE SAC DANS UN ENDROIT QUI LUI APPARTIENT.
DONC...
CHLAC
CHLAC
CHLAC
CHLAC

HAN HAN
PUTAIN... C'EST DUR DE CREUSER UN SOL NATUREL.
CLIC
JE PENSE QUE C'EST ASSEZ GRAND.
LA MONTAGNE ÉTAIT LA SOLUTION.
ASSEZ VASTE POUR CACHER QUELQUE CHOSE, ET PEU VISITÉE LE DIMANCHE.
FWOOSH

FWOUSH
CE N'EST PAS UNE SOMME QUI PERMET DE VIVRE UNE VIE DE RICHE...
HUFF
MAIS C'EST SUFFISANT POUR VIVRE NORMALEMENT.
TAP TAP
JE N'AI PAS TRAVAILLÉ LE SOL COMME ÇA DEPUIS MON SERVICE MILITAIRE.
TAP TAP
WIP
HIIK
WOOSH

CLAP
IL M'A FAIT PEUR.
PUTAIN DE FAISAN...
TAP
TAP
MÊME SI JE MEURS SOUDAINEMENT...
ET QUE JE ME RÉVEILLE DANS UN CORPS JEUNE ET EN BONNE SANTÉ DANS LES "BALLES" RESTANTES...
JE POURRAI PRENDRE CET ARGENT ET ME CACHER.
CHLAC
gupdi
SI JE ME CACHE DANS UN ENDROIT TOTALEMENT IMPROBABLE...
JE POURRAI FUIR MON DESTIN !

HÉ HÉ...
HA HA !
C'EST PLUTÔT EXCITANT TOUT ÇA.
JE ME DEMANDE QUELLE TÊTE FERA LA MORT QUAND ELLE DÉCOUVRIRA MON PLAN.
C'EST LA PREMIÈRE FOIS DEPUIS LE DÉBUT DE CE MERDIER...
QUE J'AI ENVIE DE LA REVOIR.
HÉ
HÉ

DEATH.

CHAPITRE 12

FFFT
TAP
TAP
JE VAIS LAISSER UNE MARQUE AU CAS OÙ...
ET JE VAIS AUSSI MÉMORISER LES COORDONNÉES GPS.
FWIP
HUFF
HUFF
FAUT CROIRE QUE LE PROPRIÉTAIRE DE CE CORPS ÉTAIT PAS TRÈS SPORTIF.

PEUT-ÊTRE QUE SON CORPS S'EST DÉGRADÉ À CAUSE DES LIVES...
BREF, J'IRAI CHERCHER CET ARGENT DANS UN CORPS PLUS SAIN...
TAC
NON...
C'EST DÉJÀ LA FIN DE LA PARTIE ?

CLANG
PAF
PAF
PAF
PAF
BOUM
HUFF
HUFF

OUIIIN
JE VEUX VOIR PAPA ! PAPA !
LEEJAE CHOI 5 ANS
WIP
MAMAN...
POURQUOI PAPA NE REVIENT PLUS ?
JE TE L'AI DÉJÀ DIT, LEEJAE.
PAPA EST PARTI.

PARTI
OÙ ?
PAPA EST PARTI...
DANS UN ENDROIT DONT IL NE PEUT PAS REVENIR.
FWIP
DONC TOI ET MOI, NOUS DEVONS VIVRE ENSEMBLE À PRÉSENT.
ALORS...
ON VA VIVRE À DEUX ?
OUI, MAMAN TE PROTÉGERA. TU N'AS PAS À T'INQUIÉTER.
POF
AIE CONFIANCE, D'ACCORD ?
WIP WIP
D'ACCORD...
BOBOM

HOP
FFFT
JE VAIS AUSSI TE PROTÉGER, MAMAN.
OUI, JE COMPTE SUR TOI, LEEJAE.

JIOJIA
LEEJAE CHOI 25 ANS
ÇA ME RAPPELLE LA FOIS OÙ JE T'AVAIS MIS TON UNIFORME POUR LA RENTRÉE AU COLLÈGE.
TU M'AVAIS PRIS UN XL EN PENSANT QUE J'ALLAIS GRANDIR !
ET IL A ÉTÉ TROP GRAND JUSQU'À LA FIN DU COLLÈGE. HA HA !
JE TROUVAIS ÇA MIGNON.

ÇA ME FAIT AUSSI PENSER À TON PÈRE ALLANT AU TRAVAIL.
QUAND ON M'AURA EMBAUCHÉ, JE PORTERAI UN COSTUME POUR TRAVAILLER.
COMME PAPA.
TIC
TIC
TIC
TIC

DÉFAITE
LEEJAE CHOI
29 ANS
PUTAIN !
J'Y ARRIVE PAS
AUJOURD'HUI !
BAM
CLIC
CLIC
TSS !
JE GAGNERAI
LA PROCHAINE
PARTIE.
BRRR
RAAH...
QUI M'APPELLE
MAINTENANT,
SÉRIEUX ?
AH ?
BRRR
MAMAN
RÉPONDRE
BRRR

ALLÔ ?
MON FILS... COMMENT VAS-TU ?
MOUAIS. POURQUOI ? IL Y A UN PROBLÈME ?
NON, CE N'EST PAS ÇA...
C'EST QUE TU AS EU TON DIPLÔME IL Y A UN PETIT MOMENT...
MAINTENANT QUE TU AS BOSSÉ DUR POUR ÇA, POURQUOI TU N'ESSAIES PAS D'ENTRER DANS UNE PETITE ENTREPRISE ?
TU AS AUSSI LES PRÊTS ÉTUDIANTS À REMBOURSER...
AH... MAMAN, TU PARLES ENCORE DE ÇA ?
BOSSER DANS UNE PETITE BOÎTE, C'EST LA HONTE !
J'AI PAS FAIT DES ÉTUDES SUPÉRIEURES POUR ÇA.
MES POTES DE FAC VONT SE MOQUER DE MOI !
ATTENDS UN PEU. TU VERRAS, JE ME FERAI EMBAUCHER DANS UNE GRANDE ENTREPRISE.
TU NE ME FAIS PAS CONFIANCE ?
SI, JE TE FAIS CONFIANCE MAIS...
ALORS C'EST BON.
BIP
...
TUT
TUT

TAP
TAP
TAP
CRIII
FWOUUUSH
LEEJAE CHOI
31 ANS

BON... METTONS FIN À CETTE VIE.
LE JOUR OÙ IL S'EST DÉCIDÉ À MOURIR.
BRRR
BRRR
MAMAN
RÉPONDRE
BRRR
BRRR
...
TAC

BRRR
MAMAN
RÉPONDRE
BRRR
TUT
MAMAN maintenant
Appels manqués (4)
DÉVERROUILLER
PREMIÈRE EN TAUX D'INSERTION ?
JE NE CONTRIBUE PAS DU TOUT AU TAUX DE RÉUSSITE DE MON ÉCOLE.
FWOUSH
MAMAN
RÉPONDRE
BRRR
TUT
MAMAN maintenant
Appels manqués (10)
BRRR
BRRR
DING
MAMAN : Tu ne décroches pas ? Ça m'inquiète

FWOUSH
DING
ÇA VA ?
MAMAN : Est-ce que tout va bien ?
HÉ. RÉVEILLE-TOI.
HÉ !
TAP
TAP
OH !

HAA...
HAA...
GUPO
ÇA VA, JEUNE HOMME ?
NON.
PLOC
PLIC
PAS TROP.
HUFF

TU PLEURES À CAUSE DE LA DOULEUR ?
TU ES BLESSÉ ?
FWIP
NON...
JE NE SAIGNE PAS...
TOUT VA BIEN, MERCI.
SCRITCH
HOP
AH OUI ? TU ARRIVES À TE LEVER TOUT SEUL, C'EST QUE ÇA DOIT ALLER.
FFFT

ET... ET VOUS MONSIEUR, POURQUOI VOUS ÊTES ICI ?
EUH...
QU'EST-CE QUE TU FAISAIS SEUL DANS LA MONTAGNE À UNE HEURE PAREILLE ?
MOI ? C'EST PARCE QUE J'HABITE PAS LOIN D'ICI.
AH...
C'EST UN GENRE D'ERMITE ?
MAIS MÊME LES RANDONNEURS NE VIENNENT PAS ICI, ALORS POURQUOI...?
JE... JE VOULAIS JUSTE VISITER UNE MONTAGNE PEU CONNUE À UNE HEURE IMPROBABLE.
MON EXCUSE EST NULLE À CHIER...

HUM... JE CROIS SAVOIR POURQUOI TU ES VENU ICI.
?!
GLOUPS
QUOI ? IL A REMARQUÉ ?
COMMENT ?
C'EST PARCE QUE...
TU ES QUELQU'UN DE TRÈS STRESSÉ, N'EST-CE PAS ?
TU CHERCHES DES ENDROITS ISOLÉS POUR RÉFLÉCHIR SEUL.
PAS VRAI ?
HEIN ?
TAP
TAP
JE CONNAIS TRÈS BIEN CE GENRE DE PROBLÈME ET C'EST POUR ÇA QUE JE VIS ICI.
DE TEMPS EN TEMPS, IL FAUT SAVOIR LAISSER COULER.
CAR TOUT A UNE FIN.

OK...
MERCI POUR LE CONSEIL. JE VAIS Y ALLER MAINTENANT.
WIP
D'ACCORD, RENTRE BIEN.
BONNE CHANCE !
...
HAA...
POF
JE SUIS CREVÉ.

PSHHH
J'AI QUAND MÊME RÉUSSI À ENTERRER L'ARGENT.
GLOU
GLOU
PFFIOU
BEUURP
Supreme
CAR TOUT A UNE FIN.
TOUT A UNE FIN ?
OUAIS... J'ESPÈRE BIEN QU'IL Y A UNE FIN...
POURQUOI ÇA NE SE TERMINE PAS ?

MAMAN
RÉPONDRE

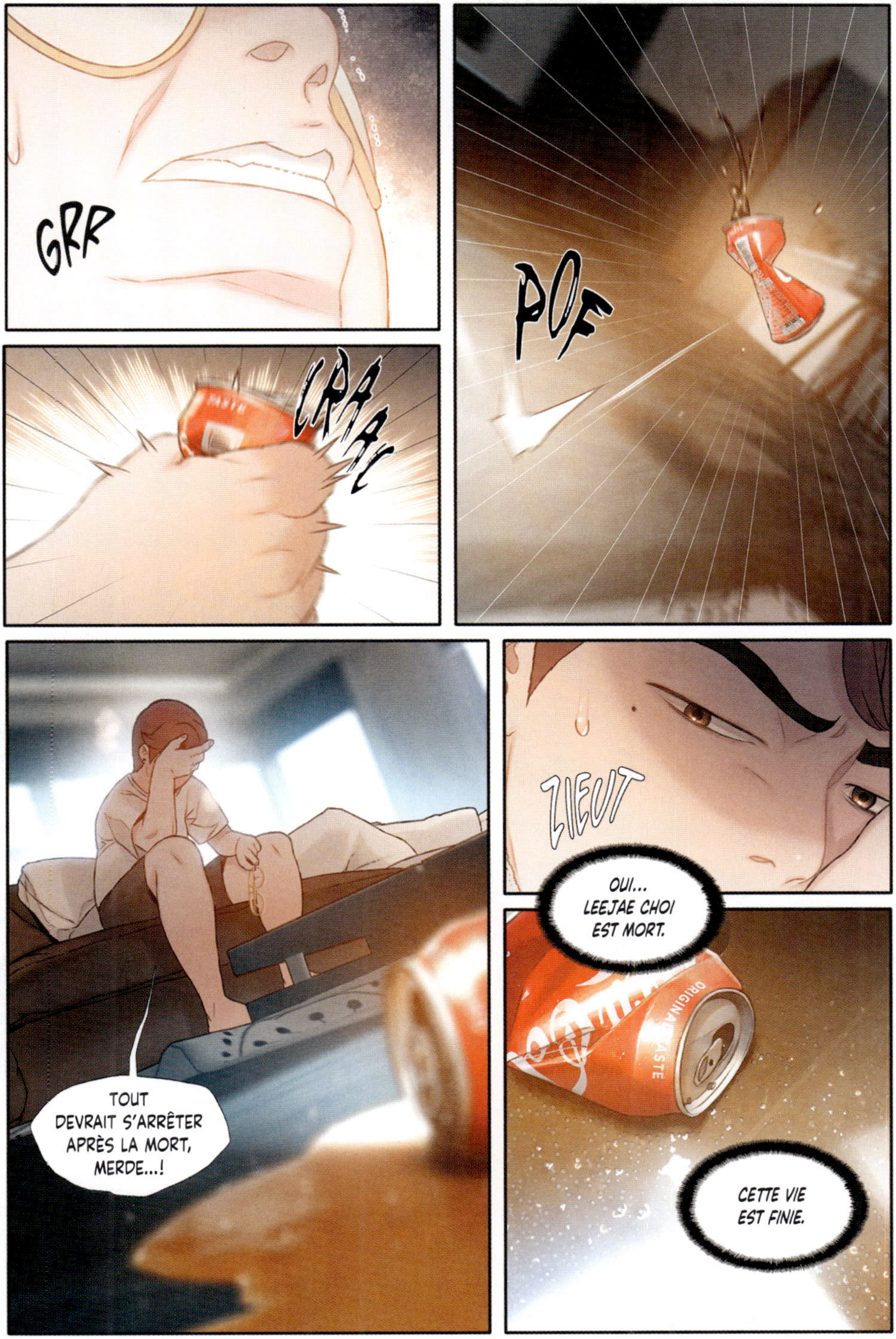
GRR
CRAAC
POF
TOUT DEVRAIT S'ARRÊTER APRÈS LA MORT, MERDE...!
ZIEUT
OUI... LEEJAE CHOI EST MORT.
CETTE VIE EST FINIE.

TAP
DE TOUTE FAÇON, JE NE PEUX PLUS RIEN FAIRE EN TANT QUE LEEJAE.
TAP
STOP
LEEJAE...
A VÉCU ET EST MORT COMME UN DÉCHET.
BOUM

TEL UN DÉCHET.
OUBLIONS TOUT.
BIEN ! VOUS AVEZ COMPRIS ?
ALLEZ ! SANTÉ !
J'ÉTAIS FATIGUÉ MAIS JE N'ARRIVAIS NI À DORMIR NI À FERMER LES YEUX...
CAR J'AVAIS PEUR DE LA REVOIR.
DONC J'AI PASSÉ LA NUIT À REGARDER DES VIDÉOS YOUTUBE DE GUCHAN, OU PLUTÔT DE FLEMME TV.
Flemme TV - Je vous raconte les dessous du streaming en buvant un coup

COMMENT J'ARRIVE À TANT PARLER PENDANT UN LIVE ?
C'EST LA BASE !
IL NE FAUT JAMAIS LAISSER DE VIDE PENDANT UN LIVE !
EH, EH, REGARDEZ-MOI.
QUOI ? J'SUIS MOCHE ?
MAIS ! ÇA SE FAIT PAS, WESH !
(Visage-inutile.jpg)
EN TOUT CAS, AVEC UNE GUEULE PAREILLE, IL FAUT SAVOIR PARLER NON-STOP EN SOIRÉE POUR ATTIRER L'ATTENTION.
VOUS SAVEZ QUI PEUT SE PERMETTRE DE RESTER SANS RIEN DIRE ?
LES BEAUX GOSSES, ÉVIDEMMENT.
EN PLUS, QUAND ILS RESTENT SANS RIEN DIRE, EUX ATTIRENT L'ATTENTION.
VOUS SAVEZ CE QU'ON DEVIENT, NOUS, SI ON RESTE PLANTÉ À NE RIEN DIRE ?
PERSONNE NE NOUS ADRESSE LA PAROLE JUSQU'À LA FIN DE LA SOIRÉE.
ET ON EST PLUS INVITÉ PARCE QUE LES GENS PENSENT QU'ON CASSE L'AMBIANCE.
C'EST POUR ÇA QUE JE PARLE TOUT LE TEMPS. C'EST DE LA SURVIE.
VOILÀ POURQUOI J'ARRIVE À PARLER AUTANT PENDANT MES LIVES !

naha : SNIF le pauvre
wk42 : SNIF
t8 : Il a de l'expérienc
r1 : C pareil p
im5 : Snif
o0 : C triste…
POURQUOI VOUS PLEUREZ ? PLEUREZ PAS ! C'EST PAS UNE HISTOIRE TRISTE !
AH… EN VRAI, SI, UN PEU QUAND MÊME.
IL PARLE VRAIMENT BIEN… ET IL EST MARRANT, EN PLUS…
C'EST POUR ÇA QUE LES GENS L'APPRÉCIENT BEAUCOUP.
CRIII
RAAH… JE DOIS BOIRE UN COUP, MOI AUSSI…?
?!

*NDT : Concept vidéo consistant à se filmer en mangeant des quantités souvent massives de nourriture.

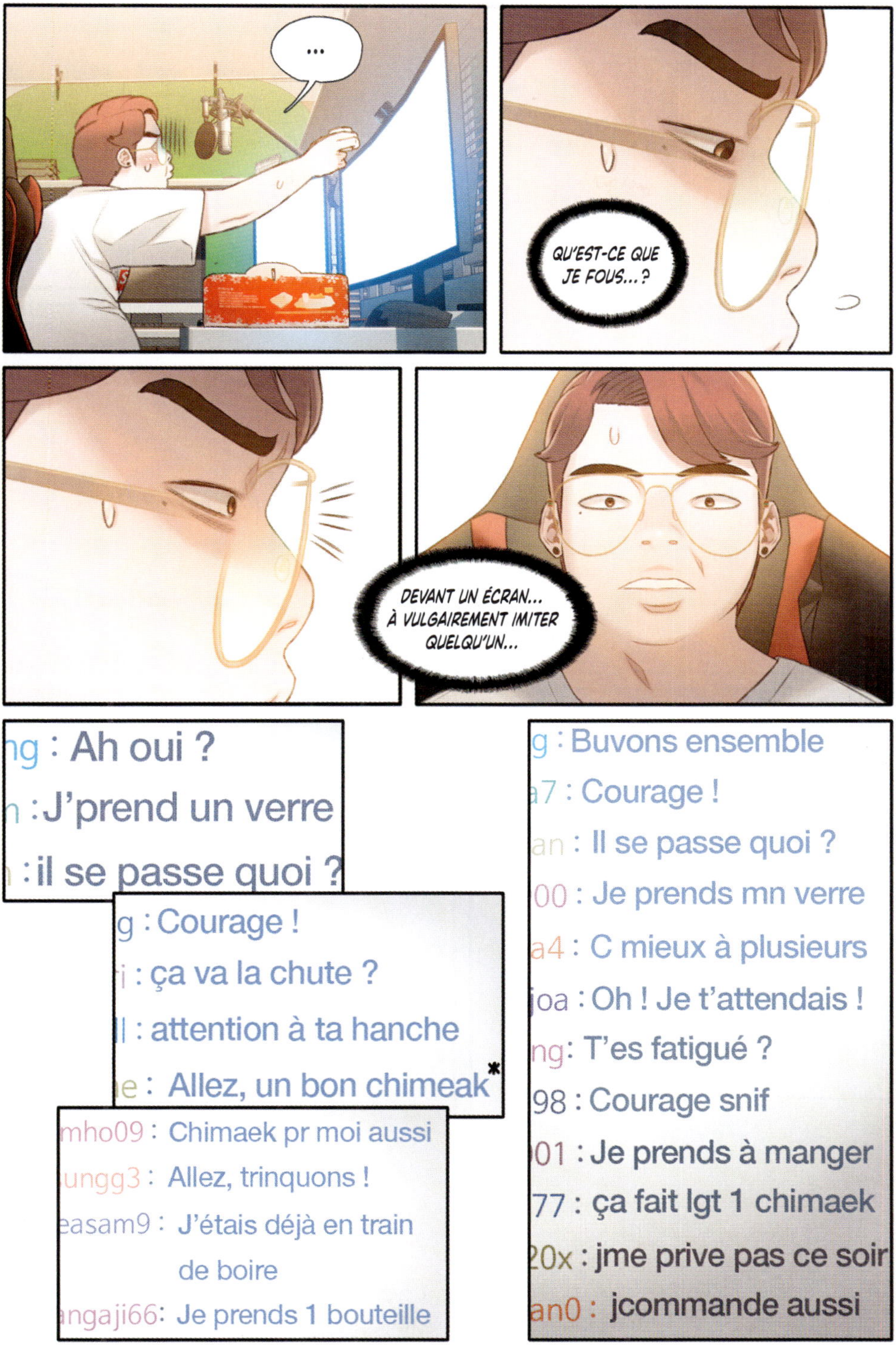

*NDT : Contraction de "chicken + maekju" (bière en coréen).

C'EST QUOI... CES RÉACTIONS...?
C'EST PLUTÔT... SATISFAISANT.
HÉ HÉ
ALLEZ !
SANTÉ !
yong : Santé
9ma7 : Santé
mhan :Tous ensemble !
9900 : Santé !
gjida4 :Santé !
amijoa : Santé !
JJang : Buvons !
yun98 : Allez !
aK001 : Go go !!
L'ACCUEIL CHALEUREUX DES GENS DERRIÈRE CET ÉCRAN...
M'AVAIT DONNÉ L'IMPRESSION QUE JE POUVAIS OUBLIER PLEIN DE CHOSES...

MÊME LE FAIT QUE JE DEVAIS BIENTÔT MOURIR.

TH'S GAME
CHAPITRE 13

UNE SEMAINE PLUS TARD
AH... J'AI UN PEU MAL À LA TÊTE, D'UN COUP...
: Repose-toi !
: Tu travailles trop en ce mo
77nanum : au dodo
chodal03 : T'as des cernes
sangchu9 : tu vas devenir 1 pa

Live
HA HA, OUAIS...
D'ACCORD, JE REVIENDRAI QUAND JE SERAI REPOSÉ !
À PLUS !
8jisung : nenuit !
hunder7 : Salut !
oreawang : Bye
wopice2 : Bonne nuit
amham2 : bye bye
Areamijoa : à plus
zzang8989 : repose-toi

AH...
LE SOLEIL S'EST LEVÉ.
CLAC
TAP
TAP
AAH...
ALLEZ, UN PEU DE REPOS...
JE NE SAIS PAS SI J'ARRIVERAI À DORMIR... MAIS JE VAIS ESSAYER...

HA !
QUOI...?
JE SUIS MORT ?
SI
SOUDAINEMENT ?
POF
POF
JIOJIA

TU ES REVENU PLUS RAPIDEMENT QUE JE NE LE PENSAIS.
?!
HIIIK
...
VU TA RÉACTION, JE PENSAIS QUE TU ALLAIS TENIR PLUS LONGTEMPS CETTE FOIS.
JE ME SUIS JUSTE COUCHÉ POUR DORMIR.
POURQUOI JE SUIS MORT, D'UN COUP ?
...

TU RIGOLES ?
RÉFLÉCHIS BIEN...
À CE QUE TU AS FAIT AVANT DE MOURIR.
QUOI ?
Live
ARRÊTE DE FARMER !
DEPUIS LE JOUR OÙ IL A COMMENCÉ À STREAMER APRÈS SON RETOUR À LA MAISON...
Live
JE VAIS VOUS DIRE UNE CHOSE...
SLURP
LEEJAE S'ÉTAIT COMPLÈTEMENT PLONGÉ DANS LE LIVE STREAM.
Live
C'EST LA PREMIÈRE FOIS DE SA VIE QU'IL ÉTAIT ACCUEILLI SI CHALEUREUSEMENT...
03 : C'est tellement vrai
nuna : c'est le feu
3457 : LOOOOOOOL
n44 : arrête jamais les live
crazy : Tu rigoles pas, toi
m55 : hahahahaha
a00 : J'adore ce gars
430 : javoue totalement mdr
the4 : euh mdrrr
m43 : La violence mdrr
456 : ça me touche vrmt snif

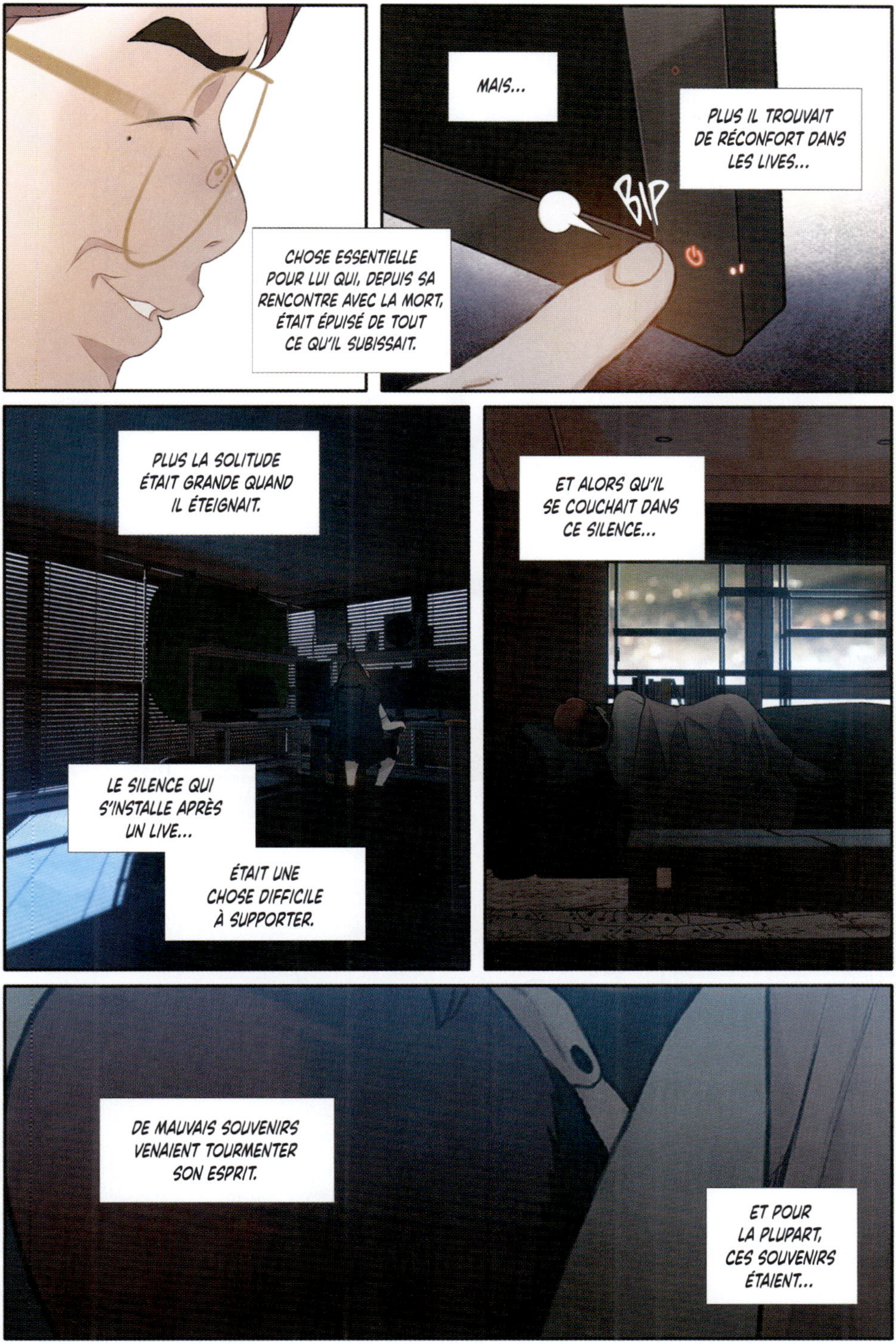
CHOSE ESSENTIELLE POUR LUI QUI, DEPUIS SA RENCONTRE AVEC LA MORT, ÉTAIT ÉPUISÉ DE TOUT CE QU'IL SUBISSAIT.
MAIS...
PLUS IL TROUVAIT DE RÉCONFORT DANS LES LIVES...
BIP
PLUS LA SOLITUDE ÉTAIT GRANDE QUAND IL ÉTEIGNAIT.
LE SILENCE QUI S'INSTALLE APRÈS UN LIVE...
ÉTAIT UNE CHOSE DIFFICILE À SUPPORTER.
ET ALORS QU'IL SE COUCHAIT DANS CE SILENCE...
DE MAUVAIS SOUVENIRS VENAIENT TOURMENTER SON ESPRIT.
ET POUR LA PLUPART, CES SOUVENIRS ÉTAIENT...

C'EST POUR ÇA QUE LEEJAE N'ARRIVAIT PAS À DORMIR. MALGRÉ TOUT, IL CONTINUAIT SES LIVES.
HA!
C'ÉTAIT COMME SI...

J'ÉTAIS DEVENU FOU, JE TRAVAILLAIS EN DORMANT À PEINE 8 HEURES PAR SEMAINE.
J'ALLAIS VRAIMENT MOURIR DE FATIGUE...
MAIS J'ÉTAIS LE PLUS HEUREUX LÀ...
CAR JE POUVAIS TOUT OUBLIER.
ZIEUT
JE POUVAIS MÊME OUBLIER L'EXISTENCE DE CETTE FOLLE.
GRR
ÇA SERAIT BIEN SI JE POUVAIS L'OUBLIER À JAMAIS.
TU T'ES RAPPELÉ ?
DE LA RAISON DE TA MORT ?
OUAIS, C'EST VRAI QUE J'ÉTAIS COMPLÈTEMENT CREVÉ.
MAIS QUAND MÊME...!

AH...
JE PENSE QUE TU N'AS PAS COMPRIS.
D'ABORD, TU AS ACCUMULÉ BEAUCOUP DE FATIGUE À CAUSE D'UN MANQUE DRASTIQUE DE SOMMEIL...
MAIS LE CORPS DE GUCHAN N'ÉTAIT DÉJÀ PAS EN TRÈS BON ÉTAT...
IL NE S'OCCUPAIT PAS DE SA SANTÉ, MALGRÉ LES HEURES PASSÉES ASSIS DEVANT SON ÉCRAN.
PROBLÈMES CARDIOVASCULAIRES, OBÉSITÉ, DÉSÉQUILIBRE ALIMENTAIRE, MANQUE D'ACTIVITÉ PHYSIQUE ET J'EN PASSE...
TU VOIS CE QUE JE VEUX DIRE ?
C'ÉTAIT UN CORPS TRÈS VULNÉRABLE QUI POUVAIT S'ÉTEINDRE À N'IMPORTE QUEL MOMENT.
C'EST VRAI... CE CORPS MANQUAIT TERRIBLEMENT D'ENDURANCE.
C'EST POUR ÇA QUE JE SUIS MORT...

GNIARK
BON, PEU IMPORTE.
J'AI UN PLAN DÉSORMAIS.
RAH... C'ÉTAIT UNE MORT VRAIMENT ABSURDE.
CRIIIK
TU RÉFLÉCHIS, AU MOINS ?
FAUT ÊTRE VRAIMENT CON POUR MOURIR COMME ÇA.
CLAC
...

JE NE RÉFLÉCHIS PAS ?
BIEN AU CONTRAIRE, J'AI PENSÉ À QUELQUE CHOSE QU'ELLE N'IMAGINE MÊME PAS.
MAIS... N'A-T-ELLE VRAIMENT PAS CONSCIENCE DE MON PLAN ?
PUISQU'ELLE SAIT PRÉCISÉMENT COMMENT JE MEURS, ELLE POURRAIT ÊTRE AU COURANT.
HA HA
JE M'EN FOUS.
ELLE NE POURRA PAS M'ARRÊTER MÊME SI ELLE LE SAIT.
TU RIS ?
CRIIC
VOYONS SI TU PEUX GARDER CE SOURIRE.

OUAIS, JE VAIS SORTIR DU CADRE DE TON PETIT JEU.
ET JE VAIS BIEN RIGOLER APRÈS ÇA.

PAN
C'EST QUOI ENCORE...?
WIP
UNE... CELLULE INDIVIDUELLE ?!

AH...
HÉ
HÉ
C'EST DU FOUTAGE DE GUEULE.
ELLE ME MET CARRÉMENT EN PRISON MAINTENANT.
PUTAIN...
QUAND EST-CE QUE JE VAIS SORTIR ?
CLANG
SORS.
HEIN !
DÉJÀ ?!
JE... JE SUIS LIBRE, LÀ ?
FWIT
QU'EST-CE QUE TU RACONTES ?
TU RETOURNES DANS TA CELLULE COLLECTIVE, COUILLON.

AH...
JE SUIS UN PEU TÊTE EN L'AIR...
TAP
TAP
Silence dans les couloirs
MAIS OUI, ON VA EN CELLULE INDIVIDUELLE QUAND ON EST TURBULANT.
UNE CELLULE COLLECTIVE...
ÇA VEUT DIRE AVEC D'AUTRES CRIMINELS...?
C'EST FLIPPANT...
DRRR
CLAC
OH !
TU ES REVENU.

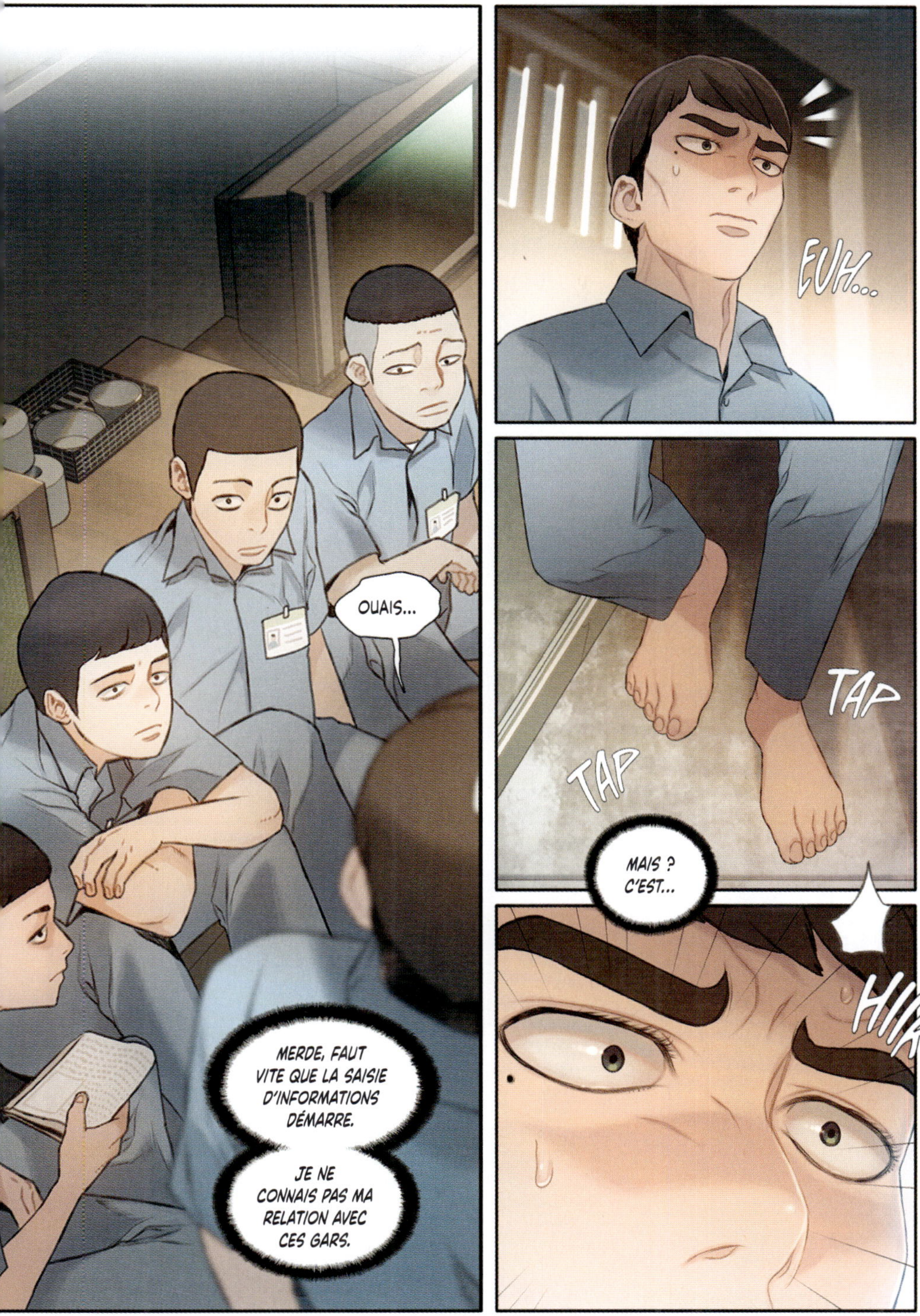
OUAIS...
MERDE, FAUT VITE QUE LA SAISIE D'INFORMATIONS DÉMARRE.
JE NE CONNAIS PAS MA RELATION AVEC CES GARS.
EUH...
TAP
TAP
MAIS ? C'EST...
HIK

JUN...
JUNSEONG HAN ?!
T'ES DÉJÀ DE RETOUR ?
TAP
TAP
TAP
POURQUOI TU T'ES ENCORE BATTU CONTRE CE...
TAP
TU AURAIS DÛ TE CALMER...
TAP

QUOI ?
POURQU...
SBAM
?!
HIIK
BADABOUM
QU'EST-CE QUI TE PREND ?!
T'ES FOU...?

BAAM
ARGH !!!
PAF
PAF
PAF
JE NE SAIS PAS CE QUI SE PASSE...
MAIS TU MÉRITES CES COUPS !!
SPAF

PAF
PAF
IL FAUT L'ARRÊTER, NON ?
PAF
OUAIS... ÇA VA CAUSER DES PROBLÈMES...
PAF
HUGH !
PAF
HUGH !
CRÈVE !
PUTAIN !
PAAF
PAAF
SALE FILS DE PUTE !
PAAF
ESPÈCE DE...
CONNARD !

GRAP
QUOI ?!
STOP !
TU VAS EMPIRER LES CHOSES !
OUAIS !
IL PEUT TE TUER !
LÂCHEZ-MOI !
WOUP
WOUP
CE MEC VA ME...?
QU'EST-CE QUE VOUS RACONTEZ...?
ATTENDS...

FLASH
AH !
SHUUU
DÉBUT DU PROTOCOLE DE SAISIE D'INFORMATIONS.
TAESANG JO
20 ANS
(17 À CETTE ÉPOQUE)

SON PÈRE EST NÉ AVEC UNE BONNE CONDITION PHYSIQUE ET DES FACILITÉS POUR LE SPORT.
MAIS IL N'UTILISAIT PAS CE DON POUR LE TRAVAIL.
Taesang Joo
IL USAIT DE LA FORCE QUAND IL SE DISPUTAIT AVEC DES GENS.
SA MÈRE DEVAIT S'OCCUPER SEULE DE LA MAISON À CAUSE DE SON MARI FEIGNANT ET GRINCHEUX.
Taesang Joo
PUH
Taesang Joo
TAESANG A ÉVOLUÉ DANS CE CADRE FAMILIAL.
WIP
CE BÂTARD...

TAP
CRÈVE, TAESANG !!
WOOUSH
PAF
TAESANG HAÏSSAIT SON PÈRE.
IL AVAIT FAIT SOUFFRIR SA MÈRE...
SON PÈRE EST MORT À LA SUITE D'UNE DES NOMBREUSES BAGARRES QUI ÉCLATAIENT LORSQU'IL ÉTAIT IVRE EN SOIRÉE.
ET ÉTAIT MORT SANS JAMAIS LUI DONNER LA MOINDRE ATTENTION.

IRONIQUEMENT, TAESANG LUI RESSEMBLAIT DE PLUS EN PLUS.
RRRH
IL SAVAIT SE BATTRE, ÉTAIT FEIGNANT ET AVAIT AUSSI MAUVAIS CARACTÈRE.
PUH
COUILLON.
T'AS TOUJOURS PAS COMPRIS LA LEÇON, À CE QUE JE VOIS.
C'EST CHIANT, À FORCE.
PLOC
PLIC
COMME IL AVAIT DES APTITUDES PHYSIQUES ET AU COMBAT...
LES PETITES FRAPPES SE RAPPROCHAIENT DE LUI POUR EN FAIRE UN ALLIÉ ET CE, DEPUIS LE COLLÈGE.
NATURELLEMENT, TAESANG EST LUI AUSSI DEVENU UNE PETITE FRAPPE.
SES AMIS AVAIENT CHOISI LA VOIE DE LA DÉLINQUANCE POUR DIVERSES RAISONS...

검색
Kim Sung-Ho
La famille pour toujours !!
J'aime
Comment
LE DÉSIR D'UNE RÉPUTATION...
50000
LE DÉSIR D'ARGENT...
OU LE DÉSIR D'AMOUR.
TAESANG N'AVAIT PAS VRAIMENT DE DÉSIR.
IL ÉTAIT TROP PARESSEUX POUR ÇA.
MAIS MALGRÉ SA FAINÉANTISE, IL ÉTAIT ACTIF SUR UNE CHOSE.
BAM
LA BAGARRE.

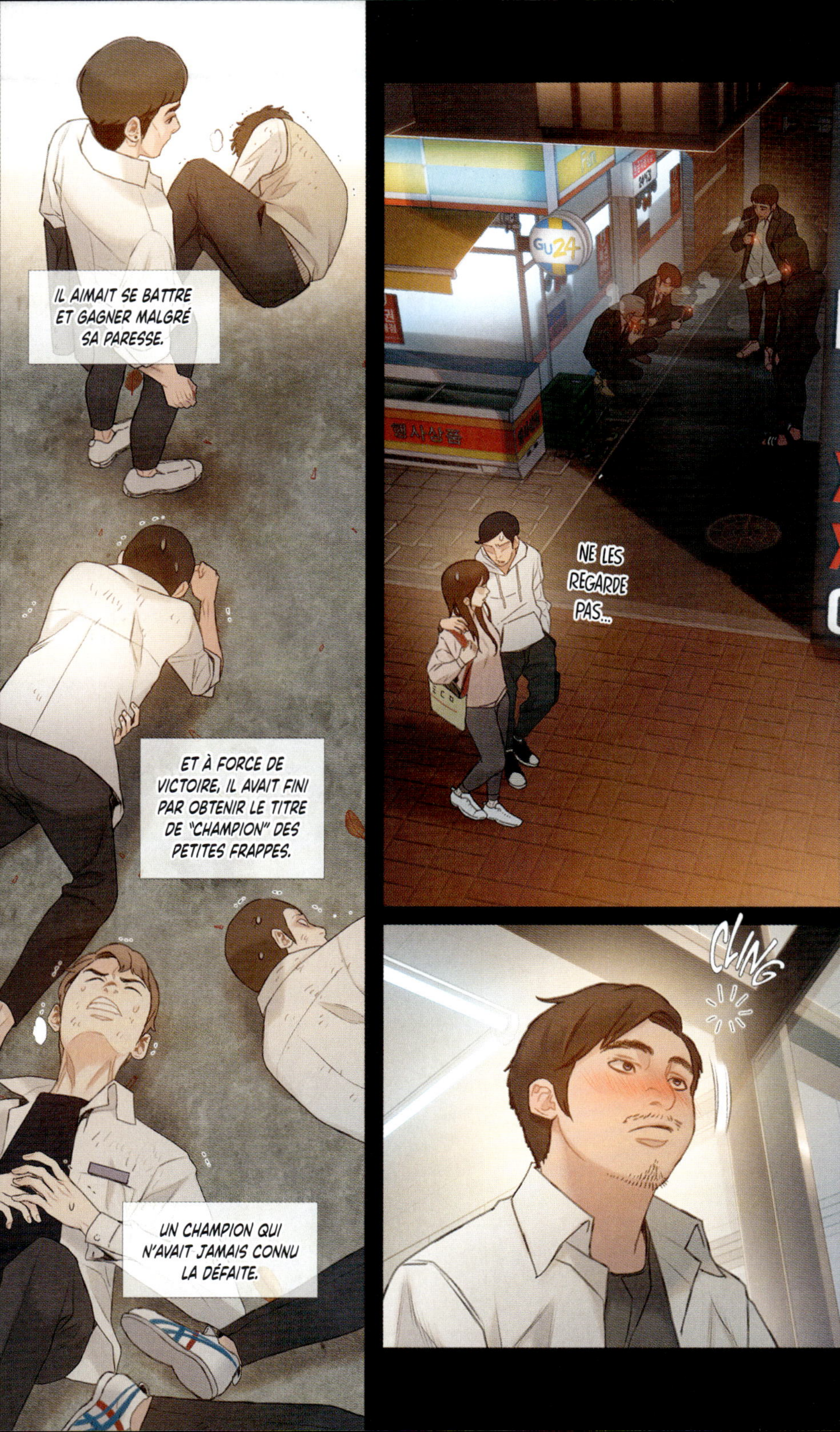
IL AIMAIT SE BATTRE ET GAGNER MALGRÉ SA PARESSE.
ET À FORCE DE VICTOIRE, IL AVAIT FINI PAR OBTENIR LE TITRE DE "CHAMPION" DES PETITES FRAPPES.
UN CHAMPION QUI N'AVAIT JAMAIS CONNU LA DÉFAITE.
GU24
NE LES REGARDE PAS...
CLING

EH...
TAP
TAP
VOUS ÊTES BIEN JEUNES, DITES-MOI...
POURQUOI VOUS FUMEZ DANS LA RUE ?
HEIN ?
...
PUTAIN...
CASSEZ-VOUS, MONSIEUR.
QUOI ? T'AS DIT QUOI ?
"CASSEZ-VOUS" ?
TU ME DIS DE ME CASSER ?

FWIP
BANDE DE SALES GOSSES, JE SUIS UN ADULTE !
JE VAIS VOUS...
GWAK
TAE...
TAESANG...
'TAIN... VOUS ÊTES UN ADULTE. ET ALORS ?
VOUS VOUS BATTEZ MIEUX QUE MOI ?
M... MAIS QU'EST...
SI C'EST PAS LE CAS, FERME-LA !!
FWOOSH

PAAF
IL AVAIT PEUT-ÊTRE VU SON PÈRE À TRAVERS CET HOMME IVRE...
ET TAESANG ÉTAIT PRÊT À LE TABASSER À MORT.
PAF
PAF
CLING
A... ARRÊTE, TAESANG !
PAF
PAF
TU VAS CRÉER DE GROS PROBLÈMES !

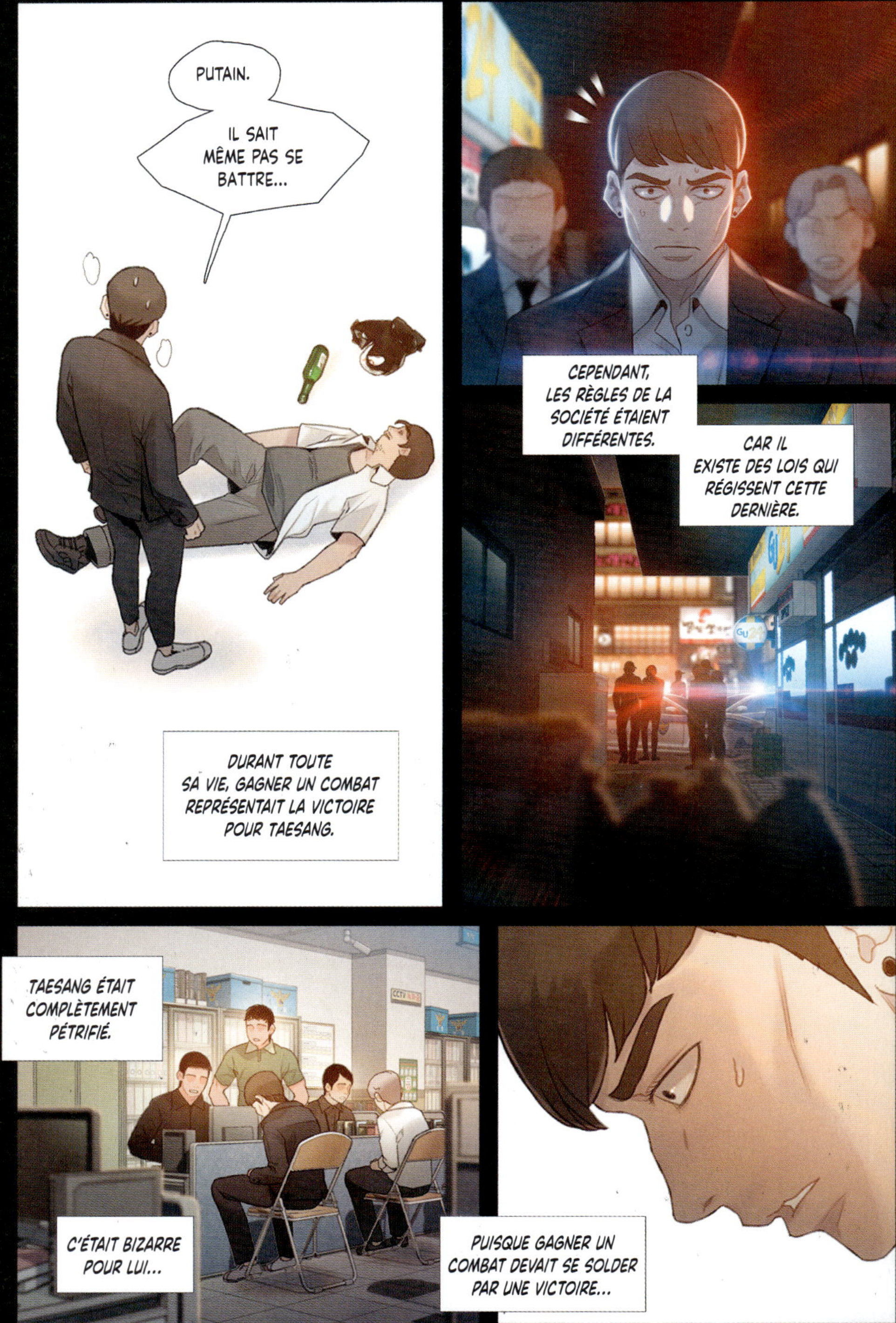
PUTAIN.
IL SAIT MÊME PAS SE BATTRE...
DURANT TOUTE SA VIE, GAGNER UN COMBAT REPRÉSENTAIT LA VICTOIRE POUR TAESANG.
CEPENDANT, LES RÈGLES DE LA SOCIÉTÉ ÉTAIENT DIFFÉRENTES.
CAR IL EXISTE DES LOIS QUI RÉGISSENT CETTE DERNIÈRE.
TAESANG ÉTAIT COMPLÈTEMENT PÉTRIFIÉ.
C'ÉTAIT BIZARRE POUR LUI...
PUISQUE GAGNER UN COMBAT DEVAIT SE SOLDER PAR UNE VICTOIRE...

La vertu du partage doit surpasser le désir du poing.
MAIS IL AVAIT ÉTÉ CONDAMNÉ À TROIS ANS DE PRISON...
La vertu du partage doit surpasser le désir du poing.
TAESANG S'EST RENDU COMPTE UNE FOIS EN DÉTENTION...
QU'IL ÉTAIT LE PERDANT DE CETTE HISTOIRE.
TROIS ANS SE SONT ÉCOULÉS DEPUIS SA CONDAMNATION.
IL A 20 ANS ET IL LUI RESTE ENCORE UN MOIS À PURGER AVANT DE QUITTER CETTE PRISON DONT IL NE PENSAIT JAMAIS PARTIR.
Le passé doit conseiller l'avenir

IL S'EST SOUVENT BATTU À CAUSE DE DISPUTES AVEC D'AUTRES DÉTENUS.
CE QUI NE REPRÉSENTAIT PAS UN PROBLÈME PUISQU'IL GAGNAIT TOUT LE TEMPS.
AVANT QU'UN NOUVEAU PRISONNIER N'ARRIVE...
CLANG
JUNSEONG HAN.
FIN DE LA SAISIE D'INFORMATIONS.
FWUUU

JE SUIS ENCORE RENTRÉ DANS UNE ORDURE...
MAIS AU MOINS, JE SUIS JEUNE ET EN BONNE SANTÉ.
MALGRÉ TOUT, JUNSEONG EST UNE MENACE...?
POURTANT, JE SUIS TELLEMENT FORT...
POURQUOI UNE TELLE MERDE EST UNE MENACE ?
TU VAS... T'ARRÊTER ?
DRRR
DRR
HUH...

D'ACCORD.
WIP
WIP
J'ARRÊTE.
TU M'AS DIT QU'IL POUVAIT ME TUER.
COMMENT ÇA ?
TU AS TOUT OUBLIÉ ?
CE TYPE...
EST UN PSYCHOPATHE.

UN PSYCHO-PATHE...?
OUAIS ! IL A TUÉ QUELQU'UN JUSTE POUR LE PLAISIR.
IL DISAIT QU'IL MOURAIT D'ENVIE DE TUER ET...
PSST
IL NE TE RESTE PLUS QUE QUELQUES JOURS AVANT D'ÊTRE LIBRE.
PSST
IL T'A PRÉVENU DE NE PAS L'EMBÊTER SI TU AS ENVIE DE SORTIR TRANQUILLEMENT D'ICI !
SINON, IL TE TUERAIT !
AH...
PUTAIN...
HOP
T'ES FOU OU QUOI ?
EN GROS...
IL A FAIT CROIRE À CES IMBÉCILES...
QU'IL ÉTAIT UN TUEUR PSYCHOPATHE POUR...
ÊTRE TRANQUILLE, NON ?

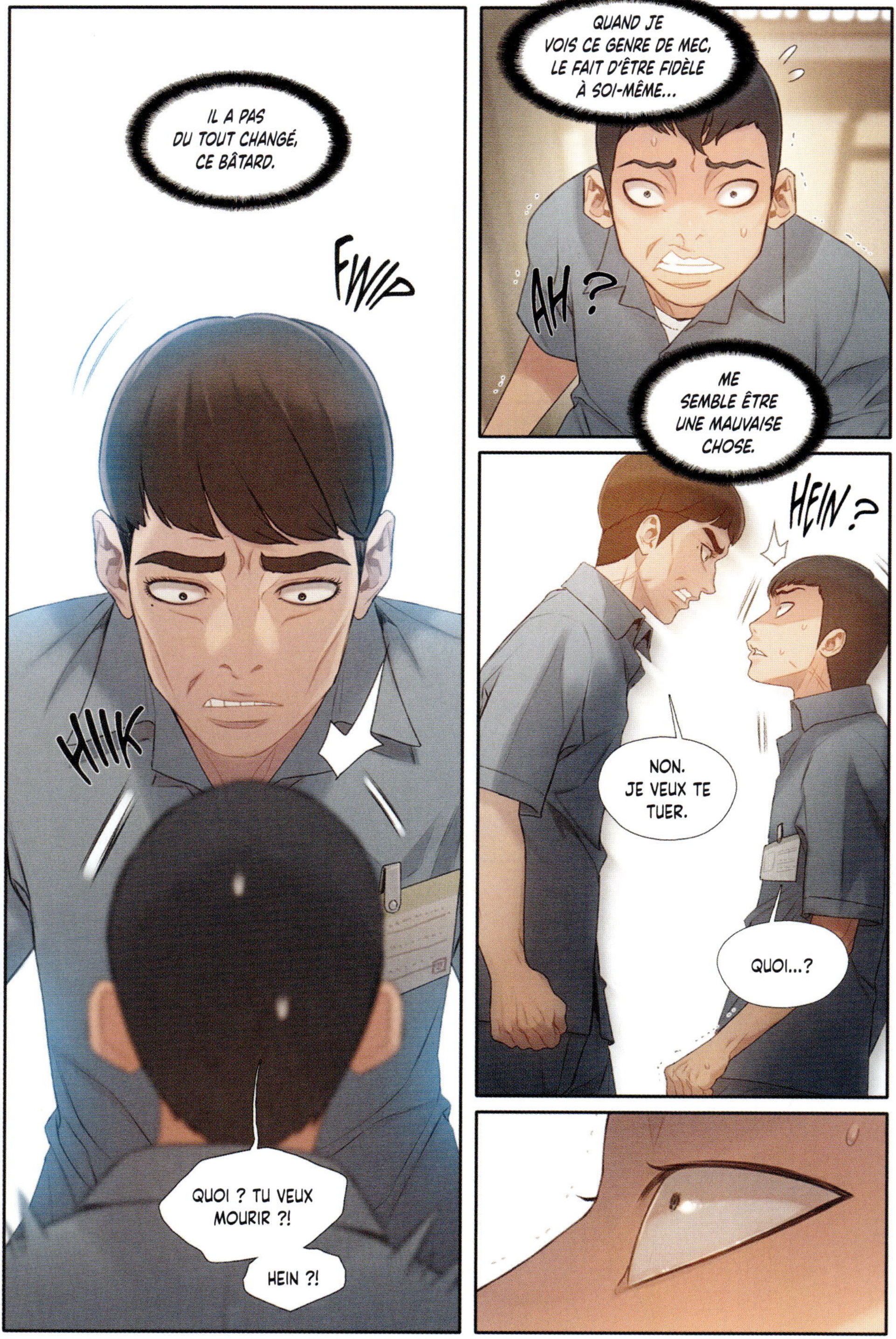
IL A PAS DU TOUT CHANGÉ, CE BÂTARD.
FWIP
HIIK
QUOI ? TU VEUX MOURIR ?!
HEIN ?!
QUAND JE VOIS CE GENRE DE MEC, LE FAIT D'ÊTRE FIDÈLE À SOI-MÊME...
AH ?
ME SEMBLE ÊTRE UNE MAUVAISE CHOSE.
HEIN ?
NON. JE VEUX TE TUER.
QUOI...?

JE T'AI DIT
QUE JE VOULAIS
TE TUER...
CETTE FOIS.

DEATH.

TH'S GAME
CHAPITRE 14

CLANG
ALORS ? ÇA DOIT ÊTRE CHIANT D'ÊTRE DANS CE MERDIER, HEIN ?
WIP
WIP
TIENS BON. C'EST PAS SI MAL SI TU T'Y HABITUES.
AH.
AU FAIT, JE SUIS BIENTÔT LIBRE.

FWIT
TU ME SEMBLES ASSEZ JEUNE...
QU'EST-CE QU'UN MINABLE COMME TOI A FAIT POUR FINIR ICI ?
TUER.
?!
OH !
JUNSEONG S'EST MIS À RÉFLÉCHIR SÉRIEUSEMENT POUR LA PREMIÈRE FOIS.
QUAND IL A VU LA RÉACTION DE TAESANG...

DE TOUTE FAÇON, JE POURRAI PAS LE BATTRE EN COMBAT.
DONC JE VAIS...
DEVENIR QUELQU'UN QU'ILS N'OSERONT PAS TOUCHER !
HEUREUSEMENT POUR LUI, CACHER SES FAIBLESSES...
ET SE DÉGUISER EN PRÉDATEUR FÉROCE...
ÉTAIT L'UNIQUE QUALITÉ DE JUNSEONG.

OUAIS... LES GENS ME DISAIENT QUE J'ÉTAIS UN PSYCHOPATHE...
BREF, JE VOULAIS ESSAYER DE TUER QUELQU'UN DEPUIS LONGTEMPS.
DONC JE L'AI FAIT.
MAIS APRÈS ÇA, J'AI EU ENCORE PLUS ENVIE DE TUER.
BRR
BRR
MALHEUREUSEMENT, J'AI FINI ICI AVANT DE COMMETTRE MON DEUXIÈME MEURTRE.
...
GLOUPS
T'AS DIT QUE T'ALLAIS BIENTÔT SORTIR, C'EST ÇA ?

IL ME RESTE ENCORE DIX ANS À PASSER DANS CE TROU...
MA VIE EST DÉJÀ FOUTUE, DONC JE N'AI PLUS RIEN À PERDRE, MAINTENANT.
ALORS, JE TE CONSEILLE DE TE CALMER.
SI T'AS PAS ENVIE D'ÊTRE MA PROCHAINE PROIE.
HÉ HÉ
C'EST BON...!
FWIP

MAIS... POURQUOI IL AGIT COMME ÇA ?
C'ÉTAIT LE PREMIER MEC À ME CROIRE !
JE NE DOIS PAS RECULER MAINTENANT...!
NON...

JE NE PEUX PAS ENCORE FINIR COMME ÇA !
GWAK
T'AS OUBLIÉ QUE J'ÉTAIS UN MEURTRIER ?
WIP
ÇA TOMBE BIEN, J'AVAIS VRAIMENT ENVIE DE TUER...
TU VEUX QUE JE TE TUE ?

HEIN ?!
GRRR
VAS-Y !
HA!
LA VICTIME DE TA CLASSE, TOUS TES POTES T'ONT LÂCHÉ, PAS VRAI ?
QUAND TU ÉTAIS ENCORE AVEC TA BANDE...
ET QUE TU T'ES FAIT DÉFONCER PAR...

QUOI...?
T'ES ALLÉ CHERCHER TA VICTIME, MAIS...
LE MEC T'A COMPLÈTEMENT IGNORÉ, HEIN ?
TU L'AS TUÉ AVEC UN BLOC DE BÉTON. PAR DERRIÈRE.
HEIN ?
UN VRAI LÂCHE JUSQU'À LA FIN.
D'OÙ T'ESSAIES DE TE FAIRE PASSER POUR UN GROS DUR, HEIN ?!
COMMENT OSES-TU JOUER LES PSYCHOPATHE APRÈS AVOIR FAIT ÇA ?

QUOI ?
C'EST DE LA COMÉDIE ?
COMMENT TU SAIS...?
COMMENT JE SAIS TOUT ÇA ?
PARCE QUE QUELQU'UN M'A TOUT DIT DANS UN RÊVE.
HÉ HÉ
C'ÉTAIT UN COLLÉGIEN AVEC UNE COUPE AU BOL, DES YEUX RONDS...
ET IL ÉTAIT UN PEU DODU...
QU... QU'EST-CE QUE TU...?

SI TU AS COMMIS UN MEURTRE, JE TE CONSEILLE DE TE REPENTIR.
AU LIEU D'UTILISER ÇA COMME UNE ARME.
VOUS AVEZ TOUS VU ?
NE VOUS FAITES PAS AVOIR PAR CE MEC.
AH...!
P'TIT BÂTARD, T'AS OSÉ NOUS MENTIR ?
T'ES UN HOMME MORT.
ON VA L'ÉCLATER !

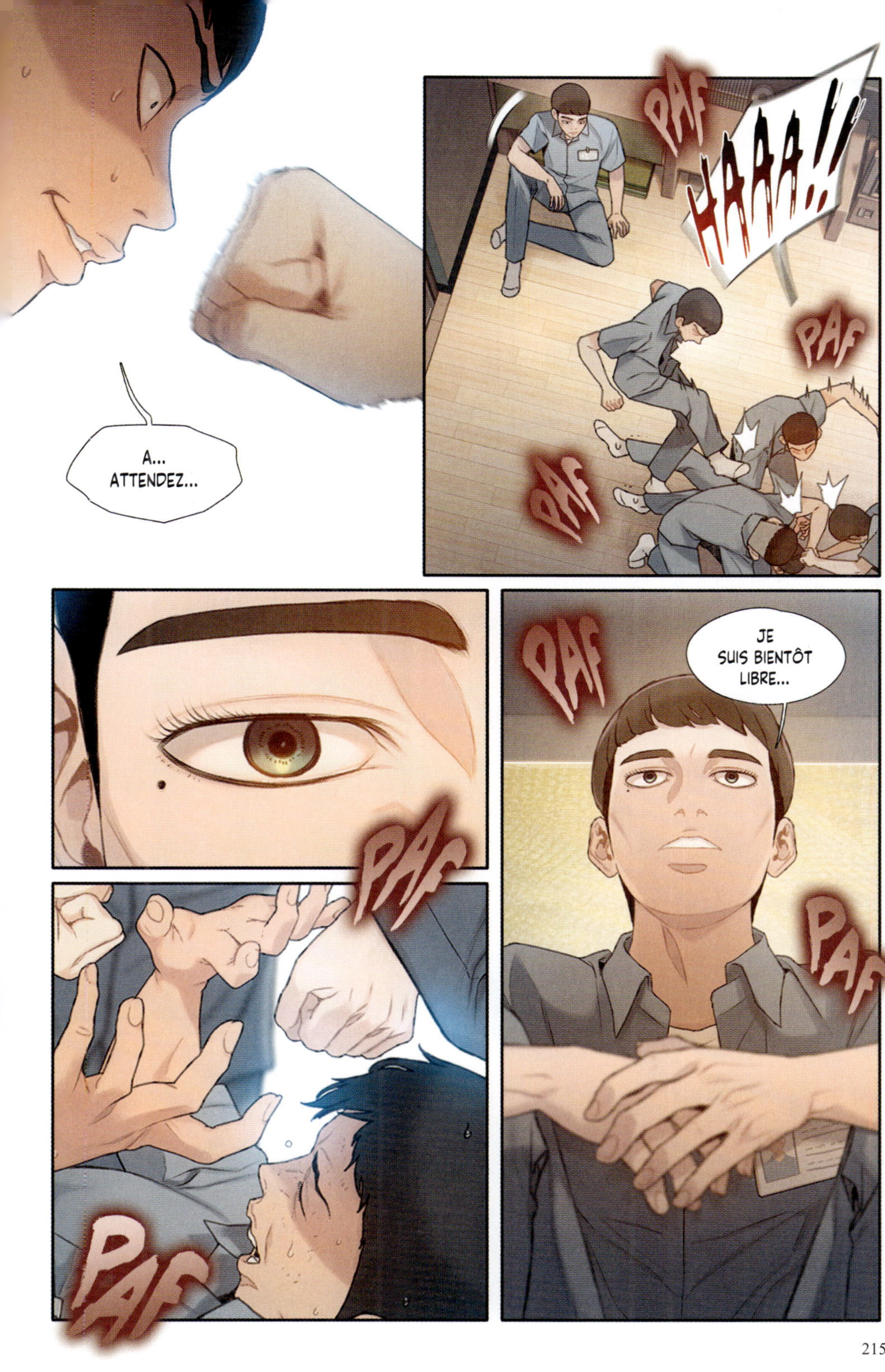
A...
ATTENDEZ...
PAF
HAAA!!
PAF
PAF
PAF
JE
SUIS BIENTÔT
LIBRE...
PAF
PAF
PAF

EH ! IL ME RESTE COMBIEN DE TEMPS AVANT DE SORTIR ?
QUOI ? TU AS OUBLIÉ ?
IL TE RESTE 15 JOURS !
AH... D'ACCORD.
CONTINUE CE QUE TU FAISAIS.
TAC
15 JOURS...
C'EST DANS PAS LONGTEMPS.
PAF
PAF
VU CE QUE J'AI VÉCU, J'AI DE GRANDES CHANCES DE MOURIR AVANT DE SORTIR D'ICI...
MAIS DANS LE CAS CONTRAIRE...
SI J'ARRIVE À SURVIVRE JUSQU'À MA SORTIE, J'AI PLUS DE CHANCES DE RESTER EN VIE APRÈS.
HUH
HUH
HUM... QUELLES MENACES Y A-T-IL DANS CET ENDROIT ?

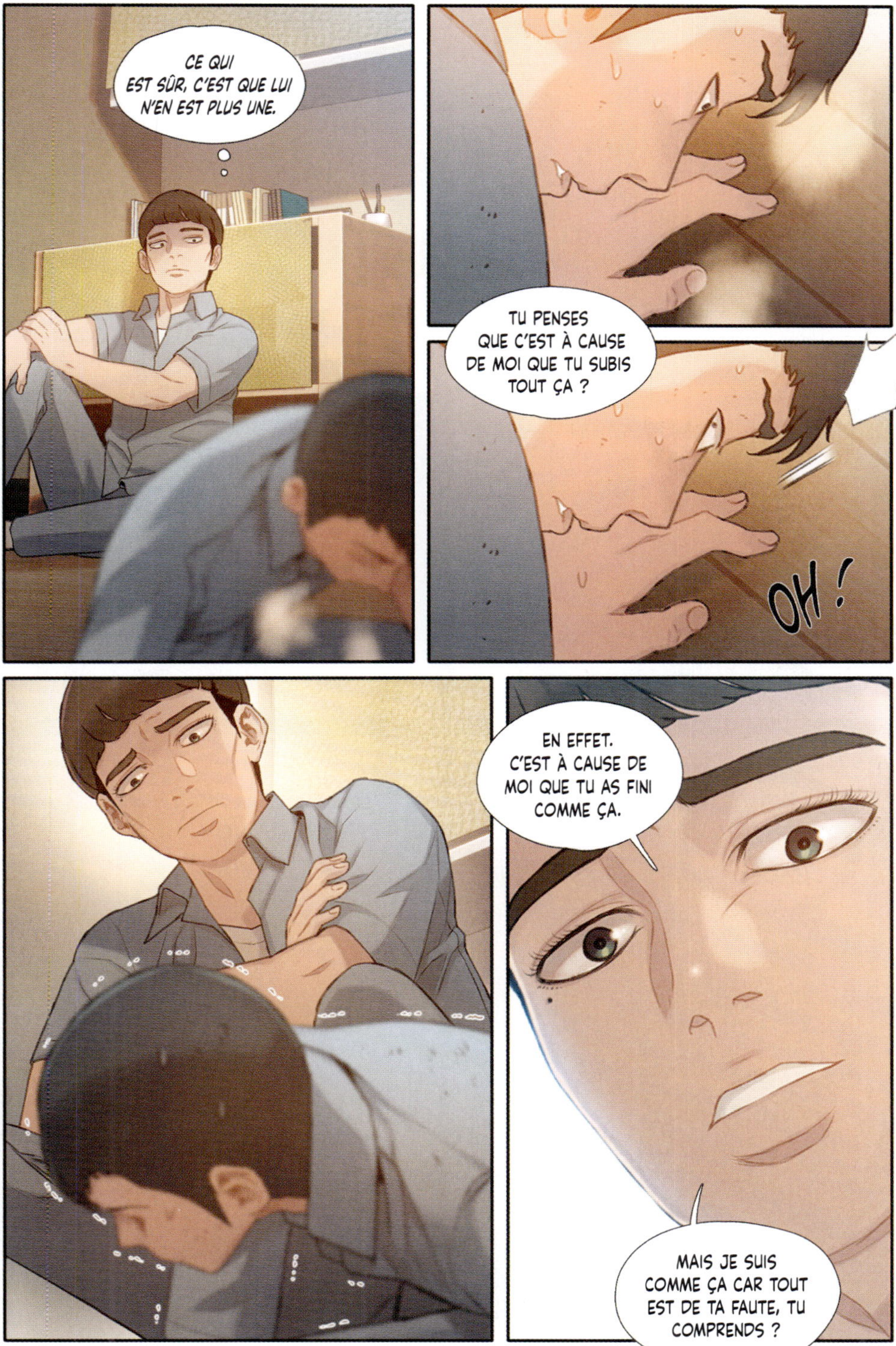
CE QUI EST SÛR, C'EST QUE LUI N'EN EST PLUS UNE.
TU PENSES QUE C'EST À CAUSE DE MOI QUE TU SUBIS TOUT ÇA ?
OH !
EN EFFET. C'EST À CAUSE DE MOI QUE TU AS FINI COMME ÇA.
MAIS JE SUIS COMME ÇA CAR TOUT EST DE TA FAUTE, TU COMPRENDS ?

OUAIS, C'EST ÇA, TOUT EST DE MA FAUTE.
MAIS TU SAIS AU MOINS POURQUOI J'AI FAIT ÇA ?
CAR TOUT EST DE TA FAUTE.
TU COMPRENDS ? HEIN ?!
ÇA M'ÉTONNERAIT QUE TU AIES COMPRIS.
PAUVRE CON.
C'ÉTAIT... C'ÉTAIT BIEN HYUKJIN...

TU AS ENFIN COMPRIS.
MAIS TU RESTES UN PAUVRE CON.
QUI... QUI ES-TU ?
MAIS T'ES QUI, MERDE ?!

À SUIVRE...

- L'ENFER -

HELLBOUND

YEON SANG-HO

CHOI KYU-SOK

Dessiné par Choi Kyu-sok (*Intraitable*) et scénarisé par Yeon Sang-ho (*Dernier train pour Busan*), ce dernier réalise également son adaptation en série sur Netflix !

Des hommes censés être honnêtes reçoivent un message mystérieux leur annonçant qu'il leur reste peu de temps à vivre avant d'être conduits en Enfer. À l'heure dite, des créatures apparaissent, ne laissant que des corps calcinés derrière eux ! Qui tire les ficelles de ce théâtre macabre ? Un thriller suffocant et haletant.

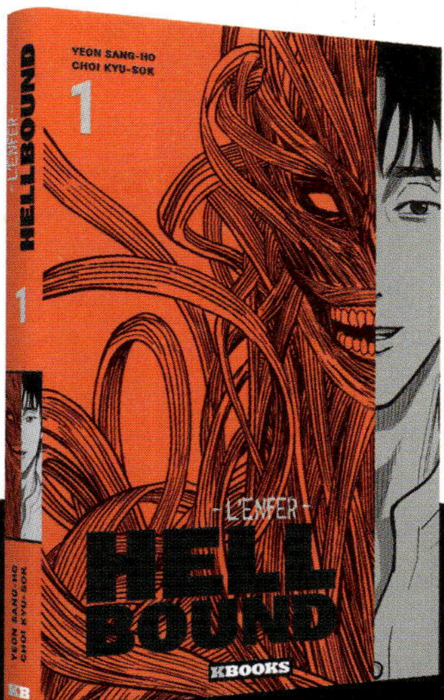

SÉRIE FINIE EN 2 TOMES

KBOOKS

DEATH'S GAME

Honeychan
LEE Wonsik

Death's Game Vol.1

French translation author: Joo-hyuk Yoo, Roxane Gardeil
French translation rights arranged by NAVER WEBTOON Ltd.
through Orange Agency Co., Ltd.

Directeur de collection : Pascal LAFINE
Coordinatrice : Lina LIANG
Supervision éditoriale : Léna PANZANI
Maquette & lettrage : Studio Charon
Conception graphique : Yohan JULIEN

Ce volume contient les épisodes 14 à 26.
Dépôt légal : mai 2024
ISBN : 978-2-38288-160-6
Imprimé et relié en avril 2024
par AUBIN, en France

Groupe Delcourt - KBOOKS -
8 rue Léon Jouhaux 75010 Paris

www.editions-delcourt.fr

KBOOKS